教場X

刑事指導官
風間公親

長岡弘樹
Hiroki Nagaoka

小学館

目次

教場X

刑事指導官・風間公親

一四日午後六時二十分ごろT市内の大型商業施設「シティオアシス」の階段で、市内に住む会社員の女性（四五）が男とすれ違った際に太腿を刺された。病院に搬送されたが、命に別状はないという。凶器はアイスピックか千枚通しのような錐《きり》状の物体と見られている。

（＊新聞　平成＊＊年四月一五日朝刊より）

第一話　硝薬《しょうやく》の裁き

1

柔軟剤の匂いが鼻孔に流れ込んできた。ワイシャツの上から羽織った作業着は洗い立てだ。

四月半ばの水曜日。益野紳佑《ますのしんすけ》はいつものように、午前七時前には朝食をすべてテーブルの上に並べ終えた。

麗馨《れいか》がダイニングキッチンに入ってきたのは、ちょうどそのときだった。

この春、小学三年生になった娘が、自分の椅子に座る。それを待って益野は、彼女の隣まで歩み寄り、腰を屈めてそっとハグしてやった。

「おはよう」

麗馨は挨拶を返さなかった。ただし言葉では、だ。こちらの体に回した手に力がこもる。それが娘にとっての「おはよう」だ。

ハグの体勢を保ったまま、益野はじっと耳を澄ませてみた。

今日は問題ないようだ。

麗馨はこの数か月間、ときどき苦しそうにしていた。益野が夜遅く、自分の経営する工場から帰ってきて、こうしてハグをしてやると、喉をヒューヒューと鳴らすことが、たびたびあったのだ。

一緒に朝食をとりながら、娘の様子を観察し続けた。

やはり今朝の体調は悪くないらしい。

喉の異音の件については、一度、内科医に診せたが、「咽頭《いんとう》の粘膜が腫れているだけで、喘息《ぜんそく》ではない」との診断だった。

では、いったい何が原因で喉が腫れるのか。内科医の力量ではそこまでは特定できなかった。ハウスダストかもしれませんね。そんなあやふやな答えが返ってきただけだ。

帰宅してから家の中を徹底的に掃除したが、それでも喉の異音はおさまらなかった。症状が出るのは主に夜間だ。午後十時から十一時ぐらいの間に発症することが多い気がする。

「苦しくないか」

そう訊《き》いてみると、麗馨はこくんと一つ首を縦に振った。

半年ほど前に妻が交通事故で死亡した。娘が言葉を発しなくなったのは、その直後からだ。精神的なショックがそうさせているのは明らかだった。

するとやはり、ときどきヒューヒューと苦しそうに息をするようになったのも、母親の死が原因なのだろうか。

麗馨を学校へ送り出したあと、益野はネクタイを締め、小さな仏壇に手を合わせた。

遺影の中の才佳《さいか》は、今日も柔和な笑みを浮かべている。

「行ってくるよ」

亡き妻の笑顔に声をかけ、益野もマンションを出た。

父親から受け継いだ「マスノ製作所」の従業員は二十人。社長室へ入る前に工場を回り、一人ひとりの名前を呼びながら、おはようの声をかけていく。

経営者としては無能ではない。そんな自負を益野は抱いていた。

営んでいる機械部品の製造工場は、順調に成長を続けている。自らも技術者としての腕は高く、あらゆる工作機械の使い方に精通していた。また数年前からは、地元の商工会議所で役員も務めている。

「お得意さんを回ってくるよ」

社員にそう告げ、益野は午後から工場の外に出た。

実際に取引先を何軒か訪れたあと、次に向かった先は、海藤克剛《かいとうかつたけ》が営む質屋「ポーンショップ海藤」だった。

店舗の前には四台分の駐車場がある。いまはすべてのスペースが空いていた。乗ってきた社用のバンを、その一番端に停《と》めた。

益野の自宅マンションからそれほど離れていない場所にあるこの店は、土日も開いている代わりに、水曜日は午後二時までしか営業していない。したがって、いま店舗部分は閉まっている。

店の正面には、右から左へ文字が流れるタイプのＬＥＤ式電光看板が設置されていた。五百メートルほど離れた自宅マンションからも、双眼鏡を使えば、この看板の文字がよく見える。

できれば辺りが無人であるとありがたかったのだが、誰かに目撃されたとしても別にかまわない。

もう何度もここへ来ているのだから、近所の目には、自分はもう馴染《なじ》みの顔だ。

幸い、近隣からは人の気配が感じられない。

益野は足早に建物の横を回り込み、住宅部分の玄関へと向かった。足音を殺す必要がなくても、自然とそうしてしまっていた。

ドアの前に立ち、迷うことなくインタホンのボタンを押す。

インタホンにはカメラがついているが、これは以前から故障中だ。だから屋内からは訪問者の外見が分からない。その点はとっくに承知していた。

《どなた?》

「商工会議所の者ですが」

声を変えてそう応じた。嘘《うそ》ではないから、良心というやつは少しも痛みはしなかった。

ドアの向こう側で大儀そうな人の気配があり、やがて顔を覗《のぞ》かせたのは大柄な男だった。

「なんだよ」

こちらの姿を認めたとたん、男の口からそんな呟《つぶや》きが漏れた。

「益野さん。またあんたか」

「今日も話がありまして」

ドアを閉められる前に、益野は三和土《たたき》に体を滑り込ませた。

不意をつかれた形になった海藤の巨体が、一歩後ろに退く。

「ったく、声色なんか使いやがって……。本当に商工会議所の用事なんだろうね」

「違います。いつもの個人的な話です」

「あのなあ」の声を、海藤は盛大な溜《た》め息《いき》とともに口にした。「だ、か、ら、ここへ押しかけてくるのはやめてくれって。前から何度も言ってるだろうが」

「それじゃあ、いつまでたっても埒《らち》があきませんから」

益野は右手をポケットに入れた。

「これが最後のチャンスです。謝ってくださいますね」

「何が最後だ。ふざけるな」

「……そうですか。分かりました」

益野はポケットに入れていた手を外に出した。

そこに握られているもの——回転式の拳銃を目にし、海藤が目を見開く。

益野は銃口を海藤の方へ向け、声を一段落とした。「これなら中に通してくれますよね」

「馬鹿言え。玩具《おもちゃ》だろ、そんなもの」

海藤は醜く顔を歪《ゆが》ませ、舐《な》め切った表情を作った。

彼の背後には廊下があり、突き当たりの壁には、柔道やボクシングの賞状がずらりと飾られていた。どれも海藤が表彰されたものだ。

益野は発砲した。

パンと乾いた音とともに、銃口から硝煙が上がる。

弾丸は額縁の一つに当たり、ガラスの割れる音がした。

デモンストレーションとしては軽いものだが、海藤の顔つきがさっと変わった。この拳銃に十分な殺傷力があることが、ガンマニアの身にはよく分かったようだ。

海藤は青ざめた顔で、「入れ」というように顎をしゃくった。

益野は海藤に銃口を向けたまま、リビングへ行くよう促した。

リビングの壁には、拳銃が何丁か飾られている。みな海藤が趣味で集めたモデルガンだ。

「まだ修理していなかったようですね」

「何をだ」

益野は一方の壁にあるインタホンの装置へ目を向けた。

「あのカメラですよ。直していれば、こうしてわたしの侵入を許すことはなかったはずです」

「ほっとけ」

「壊れたままにしておいたのはなぜです？」

「だからうるせえよ」

「代わりに答えましょうか。余裕がないんでしょう。はっきり言って、あなたはいま借金漬けの状態だ」

海藤の顔色がまた変わった。

怒りよりも羞恥よりも、最もはっきり顔に表している感情は疑問だった。どうしてこっちの懐具合を知っているのか。探りを入れる目つきになっている。

商工会議所の役員になると、大中小の規模を問わず、市内で商売をしている人間のあらゆる情報が入ってくるものだ。

質屋の海藤が投資に失敗。背負った借金は千五百万円――この話を耳にしたのは先月のことだった。

益野は拳銃を持った右手を軽くスイングさせ、一方の壁にあるサイドボードを銃口でちらりと指示した。

「そのへんにあなたが普段使っている紙とボールペンがあるでしょう。テーブルの上に準備して、椅子に座ってもらえますか」

言うとおりにした海藤の向かい側に、益野は座った。

「いまからわたしが言うとおり、その紙に字を書いてください」

そう前置きしてから、益野は頭の中に準備しておいた言葉を、少しずつ区切りながら口にしていった。

海藤が、右手に持ったボールペンで、そのとおりに書いていく。

このときも、もちろん銃口は海藤に向けたままだった。

弾倉に六発入る銃だが、自分で密造したものだから、完全に信頼できるわけではない。これまでの実験によれば、発射できるのは三発までだ。四発目には銃身が吹き飛ぶおそれがある。だから一発も無駄にはできない。

気絶しそうなほど緊張しているが、それを顔に出さないよう必死に努めながら、海藤に銃を向け続ける。

準備しておいた言葉を、益野は最後まで言い終えた。海藤がそれをすべて書き留めたときには、彼の額は汚らしい脂汗でぎとぎとに光っていた。

「では死んでもらいます」

人間が即死するのは、脳幹か心臓を破壊されたときだ。凶器が拳銃なら、狙いやすいのは脳幹の方になる。ここを撃ち抜けば、相手は一瞬にして糸の切れた操り人形のように膝から頽《くずお》れる。仮に人質を取った犯人がいて、警察官が狙撃する場合はどうするか。確実に一発で始末しなければならないとしたら、正面から狙えるかぎり、脳幹のある「両目の間と鼻を結ぶ点」に照準を合わせるのだ。そのようにかつて〝学校〟で教わったのだから間違いない。

益野は、引き金にかけた指に力を込めた。

銃声のあと、海藤の太い首が後ろに大きくのけぞった。その反動で巨体が一つ波打ち、椅子から床に転げ落ちる。

海藤を殺したあと、グリップに残った自分の指紋をハンカチで丁寧に拭きとった。

海藤の手にピストルを握らせた。その際、銃口を海藤自身の方へ向くようにし、トリガーには人差し指ではなく親指をかけておいた。眉間を自分で撃ち抜く場合は、このように逆の持ち方をする方が自然だ。

その逆グリップのまま銃口を天井に向け、海藤の親指を押して一発だけ発射した。手に硝煙反応を残すための措置だ。

リビングから出る前に、いったん振り返り、海藤の体に視線を据える。

その腹部が微動だにしないのを確かめてから、玄関に向かい、三和土に下りた。

靴を履き、ドアに耳を近づけ、外の気配をうかがう。

いまの銃声を近隣の住民は耳にしたことだろう。だが、まったく問題はない。海藤がコレクションした多数のモデルガンの中には、音の出るタイプも混じっている。そして生前の彼はしばしば、水曜日の午後になると、近所迷惑をかえりみず、それらの銃を派手に鳴らして発砲音を楽しんでいた。

だから今日の銃声も「いつものこと」なのだ。

携帯電話が鳴ったのは、外に出て社用車に乗り込んだときだった。

そのタイミングにほっとする。海藤殺しの最中に鳴っていたら、きっと動揺していたところだ。少しでも隙を見せてしまえば、すかさずあの巨軀《きょく》が飛び掛かってきて、逆にこちらがねじ伏せられていたかもしれない。

画面に表示された番号は見知らぬものだった。会社でも取引先でもなければ誰だろう。

「はい、益野ですが」

大仕事をなし終えた直後だけに、どうしても声に不必要な用心が混じった。

《麗馨ちゃんのお父さんですね》

年配女性の声がそう言ったあと、自分は麗馨の通う小学校の養護教諭だと名乗った。保健室の電話から外線で掛けてよこしたらしい。

《麗馨ちゃんが体育の時間に転んで、腕に怪我《けが》をしてしまいました。かすり傷のようですが、念のためご連絡させてもらいました》

「分かりました。これからうかがいます」

会社に電話を入れ事情を説明し、小学校へ向かった。

来校者受付の窓口で身分を告げ、足早に保健室を目指す。

ノックをしてドアを開けると、まず目に入ったのは養護教諭の机だった。白衣を羽織った年配女性が席についている。

定年も近いらしいその養護教諭と向かい合うようにして、麗馨は丸椅子に座っていた。半袖の洋服から覗いた左腕には包帯が見える。

「麗馨の父です。ご面倒をおかけし、どうもすみません」

養護教諭に向かって頭を下げてから初めて、益野は気づいた。彼女も麗馨も両腕を軽く折り曲げ、体の前で手を構えるようにしている。そして二人の手と手の間には、中細の赤い毛糸が渡されていた。

綾取《あやと》りをしていたようだ。

益野が歩み寄っていくと、

「続きは今度ね」

養護教諭は綾取りの毛糸を麗馨の手に残したまま、

「お待ちしていました」

立ち上がって会釈を返してよこした。そして机の上に手を伸ばし、そこから小さな装置を取り上げ、こちらへ向かって掲げてみせる。

「念のため、これを使ってもよろしいでしょうか」

彼女が手にしていたものは小型のボイスレコーダーだった。

モンスターペアレントと呼ばれる輩《やから》が増えている昨今だ。学校側としては、万が一のトラブルに備え、保護者とのやりとりを可能なかぎり記録として残しておきたいのだろう。

「かまいませんよ」

益野が承諾すると、養護教諭はボイスレコーダーのスイッチを入れた。

「おそらく、それほど心配する必要はないと思います。電話でもお伝えしたとおり、わたしが診たところ、ほんのかすり傷程度ですから」

益野はもう一度麗馨の腕に目をやった。たしかに包帯の巻き方はだいぶ軽めだ。怪我の程度は知れたものらしい。

「転んですりむいただけのようです。ただし」

養護教諭も麗馨の包帯に目を向けた。

「万が一、骨にひびでも入っていると大変ですから、病院で検査してもらうことをおすすめします」

「分かりました。そうします」

麗馨の喉からヒューヒューと隙間風のような音が聞こえてきたのは、連れて帰ろうとして彼女の細い肩に手を触れたときだった。

——またか。

養護教諭も異音に気づき、指で綾取りの「鉄橋」を作ったままにしている麗馨に、心配そうな目を向けてくる。

「なに」益野は養護教諭に向かって軽く手を振った。「大丈夫ですよ。ときどき喉の調子がおかしくなって、こんな音が出るんです。おそらく、ストレスのせいだと思います。すぐにおさまりますから」

「本当ですか」

養護教諭の表情が心配から猜疑《さいぎ》に変わったような気がした。

「学校ではそんな症状はいっさい出ませんけれど」

「だとしても問題ありません。いつものことですので。では失礼します。お世話になりました」

益野は麗馨の手から毛糸を取り外し、立ち上がらせた。

毛糸は養護教諭のものに違いないから返そうとしたところ、

「差し上げますので、持っていってください」

「そうですか。ありがとうございます」

毛糸をふたたび麗馨に持たせ、保健室を出た。

2

――質屋か……。

死体が見つかったという現場を知らされ、鐘羅路子《かねらみちこ》は、嫌な予感にとらわれた。

鼻水に悩まされることになりそうだ。

ティッシュの袋はいつも三つ、ポケットに入れてある。念のためにもう一つ追加してから、路子は県警本部の裏手に建つ官舎から走り出た。

タクシーを拾うつもりだったが、本部の前に見知った顔がいくつかあった。みな捜査関係者で、公用車用の駐車場へ駆け足で移動している。彼らも同じ現場に向かうに違いない。

運よく同乗させてもらうことができたが、あいにくと朝の渋滞がすでにはじまっている時刻だった。

到着まで二十分ほどを要した。

現場の建物は南側半分が店舗、北側半分が住宅という造りになっているようだ。

店舗部分に出ている看板には「ポーンショップ海藤」の文字が見える。おそらく住宅部分で死んでいるという男の名前も、同じ海藤だろう。そう予想しつつ建物の中に足を踏み入れる。

まず目を惹《ひ》いたのは廊下の突き当たりだった。壁に何枚も額縁が掛けられている。中に入っているのは何かの賞状らしい。そのうち一枚のガラスが粉々に砕けていた。

リビングに入って、刑事指導官である風《かざ》間《ま》公親《きみちか》を探す。

目指す姿は捜査官たちの中にあった。

誰もが風間から微妙に距離を置いているのが分かる。この指導官に近寄りがたい雰囲気を感じているのは、自分だけではないようだ。

目で礼を送る。

実のところ、風間に会うのはこれが初めてだった。数日前、道場の門下生になることが決まった直後から何度か挨拶の機会をうかがっていたのだが、彼をつかまえることはついぞできずにいた。向こうはこちらの顔をちゃんと認識してくれているのか。その点が心配だった。おまえは誰だ、という目で見られたら嫌だな、などとここに来るまで頭の片隅でずっと心配し続けていた。そうした幼稚な憂慮はすぐに吹き飛んだ。こちらの目礼に対し、風間が頷きで応えてくれたからだ。

ほっとする思いで彼の方へ近寄っていこうとしたとき、捜査員たちが作った人垣の隙間から、横たわった大柄な男の姿が覗き見えた。

彼が死んだ海藤だ。ガンマニアで、密造した拳銃で自殺をしたらしい。

発見したのは、この質店でアルバイトをしているという若い男だった。店の営業時間は午前十時からだが、今日は事情があってたまたま早く出勤したようだ。

身長は百八十センチ以上、筋肉質で大柄。そんな海藤の眉間には穴が空いていた。手には拳銃を逆向きに握っている。

テーブルの上には、遺書らしきものが置いてあった。

【投資に失敗し、多額の借金を負いました。返済に行き詰まり、疲れ果てた結果、今日ここに、人生の幕を下ろすことといたします。海藤克剛】

その文面に目をやっていると、案の定、鼻がむずむずしはじめ、くしゃみを連発する羽目になってしまった。

「花粉症か」

開口一番、風間にそう指摘され、路子は答えた。

「中古品アレルギーなんです」

ふざけたつもりではない。本当にそうなのだから。要するに、一度誰かが使った品物が苦手なのだ。時計、バッグ、衣類……。この家の店舗部分にある、ありとあらゆる製品が束になって、こちらの鼻粘膜に悪さをしている。

花粉やハウスダストによるアレルギー性鼻炎では、たいてい朝方に最も強く症状が出る。そうした現象を称してモーニングアタックと呼ぶ場合もあるらしい。自分のアレルギー症状も、一日の中ではこの時間帯が一番ひどい。

「世の中にあるもので誰かのアレルゲンにならないものはない、というからな。きみのような人間は大変だろう」

この風間という男、とっつきにくい相手だと思っていたが、意外に物分かりがいいのかもしれない。

「はい。早くいまの官舎から引っ越して、新築の部屋に移りたいと思っているところです」

「わたしが治してやろう」

路子は風間の顔を覗き込むようにした。いま耳にした言葉が信じられず、聞き違えたかと思ったからだ。

「どうした」

「いえ、何でもありません」

慌てて相手の顔から視線を外した。茫洋《ぼうよう》として焦点の定まらない風間の両目。気がつくと、その中に意識の全てが引き込まれそうになっていた。

彼の右目が義眼であることは、もちろん知っている。かつて逮捕した男からお礼参り的な襲撃を受け、千枚通しを突き立てられた。そんな事情も自然と耳に入ってきていた。

とにかく、いまは自身の健康よりも事件の捜査が優先だ。路子はテーブルの方へ顔を向けた。

「あの遺書にある借金は、実際に負っていたんですか」

「ああ。返済に行き詰まっていたことも、遺書に書いてあるとおりだ。——ところで、きみの第一印象は?」

「拳銃を使っている点が最大の特徴でしょうね」

「当たり前すぎる答えだな」

きつい物言いに、路子はむっとした。

「あの銃は、自分で作ったものでしょうか」

「見て分からないか」

これも突き放した言い方だ。

「メーカー製ならシリアルナンバーやほかの番号が刻印されている。密造銃なら、ほぼ百パーセント、そんなものはない」

路子は腰を屈めて拳銃を間近で調べてみた。番号のようなものはいっさい刻まれていない。

「中古品だけでなく、拳銃も苦手のようだな」

そのとおりだ。警察官の身にありながら、こういう物騒な代物に触れるのは小さいころから不得手だった。

「そういえば明日の午前中なんですが、射撃の訓練があるんです」

警察学校の大射撃場で実施される、定期的に受けるよう義務づけられた訓練だ。

「ですが、こうして事件が発生した以上、今回は欠席させてもらうしかありませんよね」

「いや。行ってこい」

「いいんですか」

「ああ。そんなことより、もっと大事な点を見落としているぞ」

風間の視線は遺書の方へ向けられていた。

しばらくして、ようやく路子は気づいた。

「遺書の文字が……波打っていますね。震えながら書いたんでしょうか」

「だろうな。人間が震えるのはどんなときだ」

「普通に考えれば、怖いときですね。あとは、泣いたときでしょう」

「顔をよく見てみろ」

その言葉に従って、路子は海藤の表情を観察した。死ぬ直前に泣いたようには見えない。どちらかと言えば、恐怖していた顔だ。

「……ですが、怖かったらそもそも自殺などするものでしょうか」

すると風間の右手が動いた。人指し指を立て、それをリビングの天井へと向ける。

「あれには気づいたな」

路子も風間が指さす方向へ視線をやった。天井に小さな穴が一つ空いている。

「はい」

天井の小穴——普通なら目に入らない異変だ。先ほどこのリビングに入ったとき、あの穴に向かってカメラを構える鑑識係の姿を目に留めていなかったとしたら、きっと見逃していたことだろう。

「何の穴だと思う」

「おそらく、あれも銃弾の跡でしょうね。海藤が、自殺する前に試し撃ちをしたのかもしれません」

「廊下の突き当たりにも弾痕があったな」

「ええ。賞状の入った額縁のガラスが一つ、粉々になっていました」

「そっちの方はどう説明する」

「同じく試し撃ちの的にしたのではありませんか？」

「きみは表彰されたことがあるか。どんなことでもいい」

質問の矛先が変わった。

「警察学校の卒業式で成績優秀賞を頂戴しました」

「その賞状はどう保管してある」

「実家の居間にあります。やはり額縁に入れて大事に飾っていますね」

「きみはそれを射撃の的にできるか」

路子は返事に詰まった。言われてみればおかしい。賞状は自らが成した努力の証だ。無下《むげ》に扱えるものではない。

風間は、天井に向けていた指先をこちらに向けてきた。今度は人指し指の他に親指もわずかに立ててみせる。

何なんですか、いきなり——不躾《ぶしつけ》な振る舞いに抗議の声を上げそうになったが、ぐっと言葉を飲み込む。

「こんなふうにされたら、きみはどうする」

風間が突きつけてきた人指し指の先端は、まるで銃口のようだった。いや、まるではなく、彼が作った手の形は紛れもなく拳銃を象《かたど》ったものだ。

「……つまり何者かに銃器で脅され、強制的に遺書を書かされた、ということですか」

「ああ」風間は手を下ろした。「暴力団がよく使う手口だ。警察学校で習っただろう」

「ええ」

なるほどそのようなケースなら、文字に震えが混じってもおかしくはない。要するに、他殺の線もあるわけだ。

すると額縁と天井への発砲も犯人の仕業ということか。前者は海藤への威嚇、後者は硝煙反応の偽装が目的だったと考えれば、筋は通りそうだ。


鑑取《かんど》りを実施したところ、早くも午後には、海藤に怨みを抱く人物が浮上してきた。

機械部品工場を経営する益野紳佑、四十七歳だ。

彼の妻、才佳は半年前に車にはねられ死亡していた。その車を運転していたのが海藤だった。

海藤は警察の捜査を受け、逮捕もされたが、証拠不十分で起訴はされなかった。

益野には麗馨という名の娘がいる。麗馨は才佳の連れ子だ。血のつながりはないが、才佳の死後も、益野は麗馨を大事に育てているらしい。

事故の瞬間を目撃したのは、麗馨だけだった。

ほかに目撃者がいない点が、不起訴処分の決め手となった。警察も検察も麗馨の証言を採用しなかったらしい。

これに承服できない益野は、頻繁に海藤の店を訪れ、非を認めるよう談判していたという。

一方、海藤の人物像も調査したところ、彼を知る者はみな次のように証言した。

――あいつは間違っても自殺なんかしません。かなり図太い性格ですからね。たしかに投資に失敗し、借金を抱えていましたが、「いざとなったら踏み倒すまでだ」と呑気《のんき》に構えていましたよ。

3

益野は双眼鏡を手にして、ベランダから外を見やった。

「ポーンショップ海藤」の前に、警察の車両が数台停まっている。通報したのは店のスタッフだろうか。何にしても死体の発見は思ったよりも早かった。

——警察か……。

懐かしい。いまでこそ工場経営者だが、自分も一時期だけ彼らの仲間だった。

ベランダから戻ると、テーブルでは麗馨がトーストを残していた。食欲がないらしい。

「無理して食べなくていいからね。——父さんは今日、仕事は休みだよ」

麗馨を送り出してから、益野は犯行に使った服を持って外に出た。

クリーニング店へ向かう途中、海藤が才佳をはねた現場を通った。

心の中で手を合わせつつ通り過ぎる。

クリーニング店に服を出すとき、「念入りに洗ってください」と言い添えた。

絶対に硝煙反応が出ないようにね——続きの言葉だけは、もちろん胸の中だけで唱えておいた。


その夜、ネットのニュースを調べてみた。

『質店経営の男性が死亡』

海藤の死が報じられている。記事には「遺書らしきものがあった」とあるが、「自殺」という表現は見当たらず、「警察は事件性の有無を慎重に調べている」との一文で結ばれていた。

才佳をひき殺した犯人が海藤であると分かったのは、事故の目撃者である麗馨が彼を指さしたからだった。

近所を二人で散歩していて、質店の前を通りかかったときのことだ。歩道からガラス越しに見える店内へ向けられた麗馨の目は、いままで見たことがないほどに大きく見開かれていた。

間違いないかと何度も念を押した。そのたびに娘は深くうなずいたのだった——。

気がつくと、麗馨がそばに立っていた。

「海藤が死んだね」

そう教えてやったところ、娘は目を合わせてきた。気のせいか、疑うような眼差《まなざ》しだった。

——まさか、お父さんが殺したと思っているんじゃないだろうね。

思わずそう口に出してしまいそうになる。そこをこらえて、益野はいつものように麗馨を優しくハグした。

「さあ、早く寝なさい」

手を引いていっしょに寝室へ行ったあと、自分の部屋へ戻ると、益野は携帯電話を手にした。

呼び出したのは、弟の番号だ。

コール音が鳴る間に思う。

——やるべきと信じたことはやり遂げた。

だが予想したよりも、いまの心情ははるかに重い。

かつての一時期、自分は警察官だった。職業の象徴ともいうべき拳銃。密造品とはいえ、それを犯行に使った点も、思い返してみれば心苦しくてならない。

海藤がガンマニアだったこと。自らが経験上、射撃に精通していること。さらには密造の技術も持ち合わせていたこと。それらを総合すると、凶器はおのずと一つに絞られ、それ以外の選択肢は考えられなかった。それでも咎《とが》めの念が強くてならないのだ。

いずれ間違いなく、ここへ刑事たちがやってくる。

出頭し、罪を認め、服役する。その方が自分にとっては、ずっと楽に違いない。

だが、麗馨にとってはどうなのか。孤児同然の身となり、しかも〝人殺しの子〟という汚名まで背負うことになる娘にとっては……。

《もしもし、兄貴か？》

応答の声があり、益野は注意を電話に戻した。

「ああ。特別な用事はない。ただ、どうしてるかと思ってな」

《心配ない。こっちは順調だよ》

隣県で通信販売の事業をしている弟の年収は、数年前から兄を上回っている。子供は二人だ。

「何よりだ」

益野は耳を澄ませた。

電話の背後から、子供たちの笑い声が聞こえてくる。

――もう一人、育ててもらえないか。

その言葉をうっかり切り出しそうになる前に、

「じゃあまた」

短く言い置き、益野は電話を切った。

4

最後の弾丸を射出《しやしゆつ》し終えたあと、路子は何度か空咳《からせき》をした。そうして、鼻と喉に絡みつく硝煙臭を少しでも追い払うことに努める。

拳銃を射撃台に戻す際、グリップのあたりを観察してみたところ、なるほどシリアルナンバーが刻印されていた。警察学校時代に幾度もこれを握ったはずだが、こんな部分に着目したことは一度もなかった。

イヤープロテクターを外し、路子は両サイドの髪の毛に指を突っ込んだ。ばさばさと掻《か》きあげるようにし、空気を送り込む。

これもアレルギー体質のせいか、射撃訓練のイヤープロテクターを使うと耳元が不快でいけない。じっとりと皮膚が汗ばんだ感覚。それがいつまでも消えないのだ。警察学校時代からそうだ。だから射撃の授業が嫌いでしかたがなかった。

大射撃場から出て、エアシャワー室の二重扉を通り過ぎると、映像射撃室、講義室、拳銃手入れ室と並ぶ廊下がある。

この廊下には、四つ切りサイズの写真が何枚も飾られていた。どれも、かつての在校生が射撃訓練をしている様子を写したものだ。写真の下には「第＊＊期」と期番号も表示してある。

益野が初任科短期課程の学生として、四か月間だけこの学校にいたことは、すでに昨日の夕刻には判明していた。

だから、この写真に写った学生の顔を一つ一つ見ていけば、益野の顔を見つけられるかもしれない。

立ち止まり、そうしたい衝動にかられる。しかし、いまは時間の余裕がなかった。

路子は小走りに術科棟から外に出て、金曜日の警察学校を後にした。


本部へ戻り、風間の前で帰着の報告をしたところ、

「いちおう一通りの訓練はしてきたようだな」

彼はわずかに小鼻をひくつかせながら、そう口にした。

何度もブラシをかけてきたつもりだが、それでもこちらの衣服や頭髪には、わずかに火薬が付着しているのだろう。

ガンパウダーのような粉末は、細かすぎて完全には処分できない。微粒子が放つかすかなにおいだけで、何発ほど撃ってきたのかがだいたい分かったようだ。してみると、この指導官は動物的な勘も持ち合わせているに違いない。

午後からまた、風間と一緒に海藤事件の捜査にあたった。

風間道場――そう呼ばれる刑事育成のシステムがこの県警に存在していることは、警察学校に入って間もなくの段階で、すでに担任教官から教えられていた。

定期的に、各署にいる新人刑事の中から経験三か月程度の者が一名選ばれ、本部へ派遣される。そして風間公親という指導官の下で、これも三か月間、みっちりと〝刑事道〟の教えを受けるのだ。

指導は、そのときに起きた殺人事件を実際に捜査するという、いわゆるＯＪＴ方式で行なわれる。もちろん多くの先輩刑事たちも捜査にあたるが、割り出した重要参考人を観念させ、その両手に手錠をかけるという最も重要な仕事を新人にやらせるというのだから驚くしかない。風間という男がいかに特別な存在であるか、この一事をもってすればよく分かる。

襲撃を受けたあと、風間が現場に復帰するまでのブランクは、わずか一か月ほどだった。そして彼が隻眼《せきがん》となって以後も、このシステムは何ら変わりなく県警刑事部内に厳として存在し続けている。

それにしても、風間の下で初めて手掛ける事件の被疑者が元警察官だとはどういう因縁だろうか。自分のノートパソコンを開き、県警本部のデータベースに保存してあった益野の顔写真に、路子はもう一度目をやった。

二十四、五歳の男子学生が、やや緊張した面持ちで、静かな眼差しをこちらへ向けている。年齢のわりに頭髪は薄めだ。それが額の広さを際立たせているせいか、いかにも頭脳明晰《めいせき》といった顔立ちに見える。

写真は首から上だけのものだが、顔の骨格から、警察官にしてはずいぶん華奢《きやしゃ》な体つきであることがうかがい知れた。

益野には、父親が暴力団に絡まれて多大な迷惑を被った、という背景があった。そのため反社会的勢力を憎み、警官の道を志したという。だが体力的についていけず、警察学校を途中でやめざるをえなかった。ただし拳銃操法の成績だけは、かなりよかったようだ。

「マスノ製作所」従業員の証言によれば、海藤が死亡したと思われる時間帯に、益野は麗馨の通う小学校へ行っていたらしい。

早速、学校の保健室でそのときの様子について聞き込みをした。養護教諭から録音データも提供してもらった。

そうしてから夕方、マンションの六階に住む益野の元を訪れた。

事前に顔写真から想像していたとおり、益野は見るからに虚弱な体つきをしていた。身長は百六十センチちょっと。体重は五十キロそこそこといったところか。採用試験をぎりぎり通れるぐらいの体格だ。なるほど、これでは警察学校の厳しい訓練についていくのは難しかっただろう。

「お訊きしますが」

ともすれば顔を覗かせる〝相手は先輩〟との意識を追い払うように努力しつつ、路子は切り出した。

「海藤克剛さんという方をご存じですよね。この近所で質店を経営していた人です」

「知っています」

「その海藤さんが死亡したことは？」

知っています。同じ調子で繰り返した益野の表情に、まだ目立った変化は見られない。

「どうやってお知りになりました？」

「昨晩、ネットのニュースで」

そう益野は言い、並んで座っている少女の方へ目をやった。

この少女が、娘の麗馨だ。妻、才佳の連れ子だから益野とは血のつながりはない、と調書にはあった。才佳には身寄りがなかったため、彼女の死後も引き続き益野が麗馨を育てる形になっているようだ。

麗馨は手に中細の赤い毛糸を持っていた。その眼差しは、どこかぼんやりしている。元気がなさそうだ。気の毒に、精神的な病気のせいで発語ができないらしい。

「それに」益野は慈《いつく》しむように麗馨の髪をそっと撫《な》でた。「今朝の新聞にも記事が載っていましたね。それも読みました」

「そうですか。海藤さんが死亡したのは一昨日の午後三時ごろです。その時間帯、益野さんはどうしていましたか」

益野の視線が鋭い。これは元警察官のものか。成功している会社の経営者のものか。それとも犯罪に手をそめた者のそれか……。

「仕事で取引先を回っていました」

「その途中で、もしかしたら海藤さんのお店にも立ち寄ったのではありませんか」

「ええ。行きましたよ」

益野はあっさり認めた。

だが、これは予想どおりの返事だった。才佳の事故が起きて以来、益野は海藤に謝罪させるべく、頻繁に彼の元を訪れているという。

いわば一種のルーティンになっている行為なのだから、いまさら否定しても意味のないことだ。

「行ったけれど、殺してはいない」と主張するつもりなのだろう。

「行かれて、どうしました」

「海藤さんにお願いしました。いつものように」

「どんなお願いです？」

益野は隣に座る娘の方へ目をやった。

その麗馨はといえば、いつの間にか手に持っていた赤い毛糸を指先に引っ掛けていた。たどたどしい手つきで綾取りをはじめている。

「わたしたちと海藤さんとの間に、どんな事情があったのか。もうあなた方はお調べになったことでしょうね」

「はい。一応は」

「その件ですよ。いい加減にご自分の非を認めたらいかがですかと。あの人が妻を殺した犯人であることは間違いありませんから」

「事故の加害者」ではなく「殺した犯人」。そのような表現を使っても顔色一つ変えない様子から、この男に巣食った憎悪の念がどれほど深いものであるかがうかがい知れた。

「もっとも、警察は信じなかったようですがね。あなたがたにとって、娘の言い分などゴミか塵《ちり》ぐらいの価値しかないのでしょう」

益野は、こちらへ睨《にら》みつける視線を向けてきたが、

「おっと、すみません」

すぐに目をそらした。

「担当違いでした。県警の強行犯係であるあなたがたが、こんな文句をつけられても困るだけですよね」

「胸中はお察しします。――そのときの海藤さんの様子は？」

「相変わらず『おれに責任はない』の一点張りでしたよ」

「それで、どうされました」

「しょうがないので、また出直す旨を告げ、引き下がりました。どうせかなりの長期戦になるだろうことは、元から覚悟していましたのでね」

「その後、娘さんの小学校へ行かれていますね」

「やはり、そこまでもうお調べですか。ええ、行きました」

「それから」

「念のために病院へ。幸い娘の骨に異状はありませんでした」

このとき、赤い毛糸を前にして、麗馨の表情が険しくなった。どうやら鉄橋の形を作ろうとしているが、うまくいかないらしい。

テーブル越しに、路子は麗馨の方へ上半身を傾けた。

子供に対する接し方も、警察学校で何度か習った。外部講師として近所の幼稚園から招いた教諭は、授業に綾取りを取り入れたこともあった。あのときの経験が活《い》きそうだ。鉄橋の作り方なら、かろうじて覚えている。

「お姉ちゃんに貸してごらん」

手を伸ばしたところ、麗馨はさっと身を引き、益野の腕にすがりつくような仕草をみせた。

「あなた方が苦手なんですよ、この子は。自分の証言を信じてくれなかった人たちが」

伸ばした両手のやりどころに困る。

「まあ、そう怖がるなって。大丈夫だよ」

益野は娘の背中に手を当てた。そっと横に押し出すようにして、麗馨を椅子から立ち上がらせる。

「このお姉さんだけは味方みたいだからね。そばに行って教えてもらいなさい」

不安げに瞬《まばた》きを繰り返しながらも、テーブルを回り込み、麗馨がこちらの左横にやってきた。

路子は、右側に座っている風間にさっと目配《めくば》せをし、許可を求めてから、麗馨の方へ向き直った。

「鉄橋を作りたいんでしょう。それはね、こうしてからこう」

口調こそ余裕を装ったが、内心では冷や汗をかいていた。どうにか記憶を手繰り寄せ、鉄橋の作り方を実演してみる。

「ね、簡単でしょう。やってみて」

ヒューヒューという異音が耳に届いたのは、そのときだった。

最初は隙間風かと思ってリビングを見渡したが、どのガラス窓もぴったりと閉まっている。

どうやら音の発生源は麗馨の喉らしかった。喘息だろうか、いつの間にか顔が赤くなっている。だいぶ苦しそうだ。

「部屋で休んでいなさい」

それほど慌てた様子でもなく、益野が命じると、麗馨はリビングを出ていった。

「あの、娘さんは大丈夫なんでしょうか」

「心配要りません。ときどきああいう症状が出ますが、間もなくおさまるんです」

「もしかして喘息ですか」

「いいえ。ご存じかと思いますが、妻の死にショックを受けたせいで、娘はいま言葉を話せない状態なんです。ああいうふうに呼吸音がおかしくなるのも、同じく母親の事故死で精神的にダメージを受けたからだと思います」

「お気の毒で――」

「正確に言えば」

益野は言葉を被《かぶ》せてきた。

「あの症状が出たのは母親が死んだからではありませんよ。それよりも、自分の証言が認めてもらえなかったからなんです、警察にね。その心理的な痛手のせいです」

お気の毒です。小声で繰り返すことしかできなかった。

「たぶん、いま具合が悪くなったのも、あなた方警察官のそばにしばらくいたからでしょう」

「益野さん」

それまで沈黙を守っていた風間が、ここでふいに口を開いた。

「娘さんの苦しさはお察しいたします。では、その大元の原因を作った相手に対して、あなたはどうお思いですか」

「そりゃあ憎いですよ。正直なところを申し上げると、海藤さんが死んでくれてせいせいしました。絶対に刑務所送りにしてやりたいと思っていた相手ですから」

「本当ですね」

「はい？」

聞き返されるようなことを言った覚えはないらしく、益野は意外そうな顔を風間に向けた。

「娘さんを苦しめている相手を刑務所に送ってやりたい。そのお気持ちは本当ですね」

「ええ。当たり前じゃないですか」

「その言葉を、決して忘れないでください」

風間が腰を上げたため、慌てて路子もそれに続いた。

益野の部屋を辞したときには、午後八時を回っていた。

近所のコインパーキングへと移動する。そこに停めてあった車に乗り込んだところで、助手席に座った風間が口を開いた。

「どう思う、益野を」

「かぎりなくクロに近いと思いますが、挙げるのは難しいのではないでしょうか」

車を発進させながら、路子は頭を抱えたい気分になっていた。

状況からして、益野が海藤を自殺に見せかけて殺したとしか思えない。

海藤はガンマニアだった。だから射殺という手段が自然だろうと考えたのだ。

死んだ海藤が握っていた拳銃も、益野が作ったものだろう。何しろ益野は多種の工作機械を所有している。しかも操作の達人らしい。

元警察官で、銃の扱いには元々慣れてもいた。警察学校の大会で表彰されているほどだ。

調べでは、このところは一人で残業続きだったようだ。社員たちを帰らせたあと、一人で拳銃作りをしていたに違いない。

だが、令状を取って捜索したとしても、拳銃を密造した証拠は出てこないはずだ。もう全部処分したに決まっている。

「いまのところは、お手上げですね」

まさか自分が発したその言葉に呼応したわけでもないだろうが、ちょうど行く手の交差点で信号が赤になった。ブレーキを踏み込む。

「本気で言ってるのか」

路子は身を硬くした。風間の声があまりに冷え冷えとしていたせいだ。

「すみませ――」

「こっちの持ち駒は何だ。思いつくまま挙げてみろ」

「はい」

まごつきながら、これまで捜査メモに書きつけた情報を、どうにか脳内に呼び起こす。

「益野に確かなアリバイはない。反対に動機はある。そして彼も銃の扱いには慣れている……。こんなところでしょうか。一応の状況証拠はそろっていますね」

「ならば逮捕するには、あと何が必要だ」

「本人の自白、ですか」

それがあれば起訴もできるし公判も維持できるだろう。しかし……。

「どうやって取ります?」

「それを考えるのがきみの仕事だ」

今度こそ、本当に路子は頭を抱えた。

――無理ですって。

苛立《いらだ》ち紛れの弱音が口を衝《つ》いて出そうになったが、すんでのところでどうにかこらえる。

新米で経験は乏しいとはいえ、すでにこれまで何人かの容疑者と対峙《たいじ》してきた。だから一応は分かっているつもりだ。益野は信念と自責の間で揺れている。そういう被疑者は、突きネタ次第では崩すことができる、と。

しかし、その肝心のネタがどこにあるというのか。

「それができなければ、あそこに戻ることだ」

冷たい口調で言い、風間は顔を横に向けた。サイドウインドウから外を見やる。

路子は彼の視線を追った。その先にあったのは、交差点の角に建つ小さな交番だった。

「彼を見てみろ」

風間の言う「彼」とは、交番の出入口で立番《りつばん》をしている巡査のことらしい。丸顔で穏やかそうな雰囲気の若者だ。

「あわよくば、金星を挙げようとしているのかもしれんな」

見た目こそおっとりしている巡査だが、視線だけは油断なく左右に動かし続けている。自分もそうだったから分かる。あれは刑事志願者の目だ。

路子はふと、昨日の朝刊に載っていた記事を思い出した。T市内の商業施設にて、会社員の女性が錐のようなもので太腿を刺されたという事件だ。

昨年の暮れにも、類似した凶器で襲われた者がいた。寒空の下、公園のベンチで寝ていたホームレスの男性が足首を刺されているのだ。

この二つが同一犯の仕業であれば、もしかしたら今後、これは連続通り魔事件として発展していく事案かもしれない。

もしも、あの立番中の巡査が、職務質問によってその犯人を挙げるような手柄を立てれば、大いに見込みありとして、すぐにでも刑事課からラブコールを送ってもらえるだろう。

「それともいっそ警察学校からやり直すか？　――いずれにしろ、後輩たちは貪欲にきみの地位を狙っている。もたもたできんぞ」

――そのぐらい分かっています。

はっきり言おうと口を開きかけたが、

「警察学校にも交番勤務にも戻りたくなければ」

風間の方が一瞬先に言葉を継いだ。

「よく思い出してみることだな」

「……何をでしょうか」

「この捜査に従事してから、きみが体験したことのすべてをだ。今回の事件が発生して以来、きみはどこで捜査を行なった？」

「まず、海藤の死体が見つかった事件現場です。それから、鑑取りをその近所で行ないました。一晩明けて今日になってからは、麗馨ちゃんの通う小学校に行きました。そして先ほどは益野の家へ。以上です」

「それだけか」

「……はい、たぶん」

風間の目がすっと細くなった。

ただし左目だけだ。右目の大きさは変わらない。そちら側が義眼であることは、風間道場の門下生になる前から、県警内の噂《うわさ》として聞いていた。

細くなった目は明らかに、こう言っている。

——わたしを失望させるな。

路子はさらに身を硬くし、慌てて記憶を探り直した。

「今日の午前中は、警察学校にも行きました」

風間の左目がもとの開き方に戻った。

幸いにも、望みどおりの答えだったらしい。しかし、警察学校での射撃訓練が捜査のうちに入るのだろうか……。

「捜査中に歩いた場所。それがすべて現場だと思え」

胸中の疑問を見透かされたような言葉を受け、また緊張が走る。

「はい」

風間の目は、もう事件の突破口を見出《みいだ》しているかのようだった。

いや、そうに違いない。だったらさっさと教えてくれればいいのに。

そうは思うが、反面、黙っていてくれとも願う。益野を落とす方法があるなら、指導官に頼らず、絶対に自分の手で見つけてやりたい。

「そこで見て、聞いたもの。それら一つ一つについてとことん考えてみろ。見てはいなくても聞きはした。なかにはそういう事柄もあるだろう」

「はい」

——ここが生き残りの正念場だ。

奥歯を噛《か》みしめながら路子は、交差点の信号が青に変わるのをじっと待った。

5

刑事たちが帰ったあと、益野は麗馨の部屋へ行った。

「まだ息が苦しいか」

首を横に振る娘を、益野は優しく抱き寄せた。

そのまましばらくじっとして、麗馨の様子をうかがってみる。

思い返してみれば、拳銃づくりに励んでいたころ、遅い時間に帰ってきて、こうしていつも娘を抱きしめていた。そのとき、よく喉がヒューヒューと鳴る症状が出たものだった。

もしかしたら、麗馨の息が苦しくなるのは、父親の体に触れたときなのかもしれない。

そんな疑念にかられたが、しばらく娘の体をハグしていても、やはり異状は見られなかった。

「口を開けてごらん」

口の中を覗いてみると、麗馨の喉はほんの少し赤く腫れているだけだった。これならもう心配なさそうだ。だが――。

この口から、言葉が出てくることはあるのだろうか。

麗馨が言葉を失ったのは、母の死というショックに直面したせいだ。いや、それよりも目撃証言を警察に黙殺されたことが大きい。何を話しても無駄。そんな諦観《ていかん》が幼い心に深く刻みつけられてしまった。

益野はベッドの下から玩具箱を引っ張り出した。

その中に入っていた聴診器を取り出す。

まだ才佳が生きていたころ、親子で拵《こしら》えた玩具レベルの手作り聴診器だ。職場にあったビニールチューブの一端を、コンビニで売っているプリンの容器に取りつけたものに過ぎない。チューブのもう一端は二股に分かれていて、それぞれの先端には音楽を聴くために使うイヤーピースを嵌め込んである。

イヤーピースを麗馨の耳に差してやった。返す手で、プリンの容器をワイシャツ越しに自分の胸に当てる。

「聴こえるかい。父さんの心の声は」

細い指で耳元のチューブを軽く持ちながら、麗馨はうなずいた。

益野は麗馨の耳からイヤーピースを外し、今度はそれを自分の両耳に入れた。

そしてプリンのカップを、パジャマ越しに麗馨の胸に軽く押し当てる。

わずかに聴き取れる鼓動の音が、たまらなく愛《いと》おしく思えた。

「もしな、もしもだぞ」

益野は麗馨の目を覗き込むようにした。

「この家でお父さんと一緒じゃなくて、おじさんの家でいとこたちと一緒に暮らすことになったら、どうする？　それでもいいか？」

麗馨は瞬きを繰り返した。顔に出た変化はそれだけで、表情を変えない。だから、いまの問い掛けに対する娘の答えは分からなかった。

「もしお父さんがいなくなったら……いなくなったら、帰ってくるまで、おじさんの家で、いとこたちと一緒に待っていてくれるか」

益野は耳に神経を集中させた。

プリンのカップを押し当てる手に、どうしても力がこもる。

聴こえてくるわずかな鼓動のリズムから、声なき声を聴き取ろうと努めたが、麗馨の真意は分からなかった。

聴診器を玩具箱に戻し、益野は立ち上がった。

「さあ、今日はもう寝なさい。父さんは、またちょっと仕事をしてくるよ」

自室に戻り作業着に身を包んだ。


すでに従業員たちの帰った工場に入った。

拳銃密造の痕跡は完全に消したつもりだが、あんなふうに刑事の訪問を受けたあとでは、どうしても不安になってしまう。

いずれ風間たちは、「この工場も見せてくれ」と言ってくるに違いない。

益野は最後にもう一度だけ、捨て忘れた部品がないか念入りに点検していった。

6

県警本部の駐車場で、路子は覆面パトカーの運転席に座った。

エンジンをかけ、エアコンのスイッチを入れたところで、助手席に風間が乗り込んできた。

《日曜の夜、リスナーのみなさんはいかがおすごしで――》

ラジオのスイッチを切り、流れてきた男性ＤＪの声を断ち切る。

「真《ま》っ直《す》ぐ益野の家へ向かってよろしいでしょうか」

「いや、その前に現場へ寄ってくれ」

路子は捜査車両を「ポーンショップ海藤」へ向けた。

テレビドラマなら決まって黄色いテープが登場するところだが、海藤の自宅ドアの前には立ち入り規制を窺《うかが》わせる措置は何ら施されていなかった。もの珍しさから規制テープを持ち去ってしまう輩がたまにいるのだ。

風間から渡されていた合鍵を使い、ドアを開ける。

フラッシュライトの光を頼りに、海藤が死んでいたリビングに入った。

ここでどんな仕事が待っているのか。風間からの指示に備え、気持ちを引き締める。

だが、じっと待っていても彼が口を開く気配はなかった。

これは何かのテストなのだろうか。指示がなくても、自分から動かなければならないのか。しかしこの現場はもう調べ尽くしてある。いまさらどうしろというのだ……。

「あの、お訊きしますが」

しびれを切らし、路子は切り出した。

「もう一度現場を洗うおつもりでしょうか。でも、ここはもう完全に鑑識が済んでいますし――」

「気づかんか」

「……何にです？」

「きみ自身にだ」

その一言では、はっとした。中古品だらけの建物内にいても、鼻が少しもグズついてはいない。くしゃみの一つも出ないから、ティッシュの一枚も使う必要はなかった。

いったいなぜ、今日はアレルギーの症状が出ないのか。

——わたしが治してやろう。

死体が発見された木曜日の朝、この場所で風間が呟くように口にした言葉を、路子は思い出した。

「不思議に思うか？」

「はい」

「以前、阪神・淡路《あわじ》大震災があったとき——」

そんなことを風間は口にする。

「被災者のなかに花粉症の症状を訴えた人は、ほとんどいなかった。スギ花粉の大飛散があったにもかかわらずだ」

初めて聞く話だった。

「被災者の症状が軽かったのはなぜか。それは、家や仕事を失い、生きるか死ぬかという状況に立たされたとき、そのストレスがアレルギーの症状を抑制する方向に働いたからだ」

風間が一歩距離を詰めてきた。

「きみもこの数日間、同じような気持ちで闘ってきたということだよ」

たしかに、木曜日の朝からいままで、刑事を続けられるかどうかの瀬戸際だった。

——捜査をはじめてから、見たもの、聞いたもの、そのすべてを思い出して一つ一つを検証しろ。

金曜日の夕刻に受けた風間の言葉に従い、寝食を忘れるようにして、記憶の想起と検証に努めてきた。生きるか死ぬかといったら大袈裟《おおげさ》かもしれないが、それに近い必死の思いで。

――見てはいなくても聞きはした。なかにはそういう事柄もあるだろう。

突破口を見つける最大のヒントになったのは、この言葉だった。風間が敢《あ》えて付け加えてくれたこの一言を思い返したとき、はっと想起されたものがあった。

小学校の養護教諭から預かったボイスレコーダー。

そこに記録された音声のおかげで、どうにか益野を落とす糸口がつかめたと思った。

暗がりのなかで、風間はふっと頬を緩めたようだった。見間違いでなければ、初めて見る彼の笑顔だ。

彼の、フラッシュライトを持っていない方の手が、こちらの肩に軽く置かれた。

「次は、きみが人の病を治してやる番だ」

「ポーンショップ海藤」をあとにし、また益野の家へ足を運んだ。アポはすでに取ってある。

麗馨さんにも同席してほしい。場合によってはあなたの会社にも伺って工場を見せてもらいたい。

その二点も益野に告げてあった。

午後七時。リビングにはかすかに味噌汁《みそしる》の匂いが漂っていた。日曜日だから、いつもより早めに夕食をとったらしい。

「こんな時間に、申し訳ありません」

「かまいませんよ。わたしだって、早く疑いを晴らしてしまいたいと思っているところですから」

益野は胸を張った。別段意味のない仕草だとは思うが、この目にはどうしても挑戦的な態度として映る。

その横で、麗馨は今日も赤い毛糸を手にしていた。

「はっきりおっしゃっても結構ですよ。こんなふうに言いたいんでしょう。――『益野さん、我々はあなたが海藤さん殺しの犯人だと思っています。いまからでも遅くありません。罪を認めてください』」

傍らにいる麗馨は、赤い毛糸を握りしめた。口をきつく閉じ、息を殺すように目だけをじっと大きく見開いている。

路子は黙っていることで、益野の言葉を肯定した。

「しかしね、風間さん、鐘羅さん。残念ですが、それは見当違いというものです」

「それでは」

緊張のせいで声がかすれた。路子は空咳を一つ挟んでから続けた。

「いまから、あなたの工場を調べさせてもらえませんか。もちろん断っていただいてもけっこうです。そのときは令状を持って出直しますので」

予想どおりだな、といった表情が益野の顔に浮かんだ。

「いいですよ。さあ行きましょう」

「ただし、麗馨さんも一緒に来ていただくようにお願いします」

「工場にですか？　待ってください。娘は関係ないでしょう」

「お願いします」

これは麗馨に言い、路子は頭を下げた。

四人で「マスノ製作所」へ向かう途中、ハンドルを握りながら、ずっとカーラジオのスイッチに手を伸ばしたい衝動にかられ続けた。

それほど捜査車両を支配した沈黙は気づまりだった。

車を降り、路子は一つ息を大きく吐き出してから、益野の案内で工場に入った。

「拳銃密造の証拠を探したいんでしょう」

ボール盤、旋盤、フライス盤、研磨機と、ずらりと並んだ各種工作機械の前で、益野が両腕を広げてみせる。

「さあどうぞ、満足のいくまでお調べください」

だが、路子はその場から動かずにいた。横に立つ風間も同様だ。

「遠慮は要りませんよ。どうしたんですか、お二人ともじっとして?」

路子はちらりと風間を横目で見やった。

この場はきみに任せる。返ってきた隻眼の視線はそう言っていた。

「益野さん、後学のためにちょっとお訊きしますが」

路子は大小様々ある工作機械を一通り見渡したあと、中サイズの一つを指さした。

「あれは何という機械です?」

答えはガンドリルマシンだ。この捜査に従事して以来、工作機械についても勉強を重ねてきたから名称と用途はだいたい頭に入っている。それでも敢えて益野に訊いてみた。

「ドリルですよ」

「ドリルにしても、いろいろ種類があると思いますが。もうちょっと詳しい名前を教えてもらえませんか」

答えにくいのか、益野は口元のあたりに手をやった。「……ガンドリルマシンです」

「どんな用途に使うものですか」

「まあ、主に深穴加工するときでしょうね」

「ふかあな。つまり、何かに細くて長い穴を空けるという意味ですか」

「そうなりますね」

「要するに、あの機械があれば銃身が作れるわけですか？　もちろん作ろうと思えばの話ですが」

益野は返事をしない。かろうじて目を伏せることで、いまの問い掛けを肯定してみせただけだ。

「そうですか。なるほど、名前にガンがつくところを見ると、元々はきっと、銃器を作るために開発された機械なんでしょうね。——では、銃身に細長い穴を開けたあと、内側のライフリングというのは、いったいどうやって刻むんです？」

「知りませんねっ」

いい加減にしてくれという調子で、益野は腰に両手を当てた。

「いくらわたしが工作機械に詳しいといっても、さすがにそんな加工まではしたことがありませんので。お訊きになりたいことは以上ですか」

「いいえ、もう一点。最近ではエアガンに威力の強いものがありますが、それと本物の銃とを見極める基準をご存じですか」

「今度は何かと思ったら妙な質問ですね。さあて、どうでしょう。警察学校時代に習ったことがあるような気もしますが、忘れてしまいましたよ。わたしなんかより、あなたの方がずっと詳しいんじゃないんですか」

「ええ。被弾したとき人体に血豆ができれば、それは本物の銃砲である――というのが日本の基準だと考えておけば、だいたい間違いありません。本当は法令でもっと細かく定義が定められていますが」

「ほう」

「もう一つお訊きします。作った銃の威力を試すとき、あなたはどんなものを実験材料に使ったんですか」

「だから待ってくださいよ。さっきから何の話をしているんです。工作機械の勉強をしにきたんですか。銃器の講釈ですか。どうしてこのなかを歩き回って調べないんです。そこに突っ立ってるだけじゃあ、無駄に時間を潰しているだけじゃないですか」

「そうですよ」

「え?」

益野は苛ついた顔のまま、表情を凍りつかせた。

「時間を潰しているんです。もっと正確に言えば、待っているんです」

「……何を」

「証拠が出てくるのを」

はっ。吐き捨てるように短い笑いを漏らしたあと、表情を緩めて益野は呟いた。

「馬鹿な。どんな証拠だっていうんです」

ヒューヒューという音が聞こえてきたのは、それから間もなくのことだった。

もちろん麗馨の喉から出た音だ。

「ごめんね」

路子は麗馨に謝り、用意してきたマスクで彼女の口元を覆ってやった。

「益野さん。ご覧になりましたね、娘さんの様子を」

「ええ。ですから、前にも申し上げたでしょう。あなたがた警察官と一緒にいるから症状が出たんじゃないんですか。わたしはそう思いますよ。——で、それがどうしたんです」

「いまのが、あなたが犯人だという証拠です」

「待った」

口調を変え、益野は喉ぼとけを一度大きく動かした。

「言っている意味が分からん」

「アレルギーなんですよ」

「……何だと」

「喉が腫れるのは精神的な症状ではありません。世の中にあるもので、誰かのアレルゲンにならないものはないと言われます。麗馨さんの場合は、火薬でアレルギーを起こすんです」

益野の喉がまた大きく動いた。

「嘘だ」

「本当です。わたしが射撃訓練を受けたあとでお宅を訪問したときも、症状が出ましたから」

路子は工場内を見渡した。

「ここにあった拳銃の部品を、あなたは全部きれいに捨てたことでしょう。それでも火薬のような粉末は、細かすぎて完全には処分できません。いくら掃いたところで、小さな粉塵《ふんじん》は、ここに並んだ機械類のありとあらゆる隙間や溝に入り込み、残留します。いま麗馨さんは、そのわずかな残留物に反応したんです」

益野は黙った。

身に覚えがあるからだろう。おそらく密造拳銃の弾丸を作った日、帰宅して麗馨と接するたびに反応が出た、といった経緯でもあるのに違いない。

「あなたが訪れた学校の保健室でも、麗馨さんにアレルギー症状が起きました。録音データという証拠があります。あれは、あなたが麗馨さんと接触したせいです。火薬を服に付着させたままの状態で」

路子は一気に吐き出した。だが、

――麗馨さんを苦しめていたのは、あなたではありませんか。

その言葉だけは喉元にとどめておいた。

「益野さん、思い出してください」

代わりに口を開いたのは風間だった。

「娘さんを苦しめた相手を、あなたはどうしたいと言いましたか」

益野は下を向いた。

「……刑務所へ……送ってやりたい、と」

落ちたな。路子が確信したとき、

「お父さん」

背後で声がした。

そこに立つ麗馨は、いつの間にか細い指でマスクを口元から外していた。

「待っているね。ずっと」

第二話　妄信の果て

1

「みなさんもきっとご存じだと思いますが、何年か前、夏祭りで出されたカレーライスに砒素《ひそ》が混入されて死者の出た事件が起きました」

教壇に立つ刑法学の若い講師は、手についたチョークの粉を払ってから続けた。

「これは殺人事件と断定され、ほどなくして容疑者が浮かび上がりました。警察が令状を取って家宅捜索したところ、その容疑者の家から砒素が発見され、疑惑はますます深まりました」

講師の話をノートにメモする傍ら、戸守研策《ともりけんさく》は喉元のあたりに手をやった。それまで外していた半袖シャツの襟ボタンを留める。

百人ほど入る中講義室は、クーラーが効きすぎて寒いぐらいだ。学生の姿がまばらなせいで、よけいにそう感じるのかもしれない。この私立興和《こうわ》文化大学の場合、夏休みが始まるのは一週間後の八月一日からだが、戸守の周囲では、すでに帰省している友人も多かった。

戸守は小さく欠伸《あくび》をした。

この「刑事訴訟法概論」は、履修してもしなくてもいい授業だ。就職活動も終わって少し暇になり、教室を覗《のぞ》いてみたに過ぎない。法学部の学生ではないから、卒業するのに必修の単位でもなかった。

文学部に在籍している自分にとって、最も大事な科目は、専攻する「人文地理学」のゼミだ。肝心のゼミ論文は三日前に提出してある。二か月を費やした二万字の原稿。それで単位が取れさえすれば卒業条件はクリアだ。内容には自信があるから、何も心配は要らないだろう。

「つまり、ここに二つの砒素があるわけですね」

講師は黒板にこう書いた。

・カレーに混入されていたもの……砒素A
・容疑者の家から見つかったもの……砒素B

「この場合、警察としては裁判所から逮捕状を出してもらうために、砒素Aと砒素Bが同じであることを証明しなければならないわけです。――さて、ここからが課題です。どうやればAとBが同じだと特定できるでしょうか。あなたの考えをレポートにまとめなさい」

講師が言い終えると同時に、授業の終わりを告げるチャイムが鳴った。

講義棟の外に出たとたん、よろけそうになる。熱の塊が体にぶつかってきたせいだ。それまでいた教室が寒すぎたから、外気温がよけいに高く感じられるのだ。

先ほど留めた襟のボタンを、戸守はまた外した。

今日はこれから自動車学校で教習を受ける予定になっている。入学してから三年半、これまでの学生生活では何をするにしても原付バイクがあれば十分だったから、四輪の免許はいまごろ取る羽目になってしまった。

だが、時間がちょっと早すぎる。いまから行けば、教習を受けるまで三十分以上は待っていなければならない。

ならば図書館に行き、先ほど出された課題の簡単な下調べぐらいはやっておくか……。

就職活動は首尾よく運び、第一希望だった地元新聞社の内定を得ていた。憧れていた記者としての採用だ。

新人記者の場合、最初に任される仕事は警察回りだと聞いている。それなら法学、とくに刑法の単位は取っておくに越したことはないだろう。卒業条件とは無関係でも、刑事訴訟法概論のレポートはやはり出しておくべきだ。

図書館へ向かって一歩を踏み出したとき、半袖シャツの胸ポケットでスマホのＬＥＤランプが点滅していることに気づいた。留守電を知らせる合図だ。さっきの授業中に誰かから電話がかかってきていたらしい。

端末を取り出し、まずはかけてきた相手の名前を確認する。

【梨多真夫《なしだまさお》】

画面にはそう表示されていた。人文地理学の担当教授だ。

名前の下に出ている番号から、携帯電話からかけてきたものだと知れた。

端末を耳に当て、録音されていたメッセージを聴いてみる。

《戸守くん。梨多です。結論から言います。先日提出してもらったゼミ論文ですが、残念ながら単位を出すことはできません》

耳を疑う内容に、血の気が引く思いがした。

それは困る。人文地理学のゼミ論は卒業するために必修の単位なのだ。卒業できなければ、せっかく手にした新聞社の内定も白紙に戻ってしまう。

慌てて梨多の携帯に電話をしたが、つながらなかった。

戸守は教授研究棟に走った。

梨多の研究室がある三階まで階段を駆け上がる。

息を切らして部屋の前へ向かったところ、ドアにはパソコンで作ったらしい小さなメモが貼ってあった。

【七月二十六日から八月十日まで海外出張のため不在にします】

ノックをした。しかし返事がない。

ドアノブを回してもみたが、施錠されている。

背中に嫌な汗が滲《にじ》むのを感じた。

「すみません、梨多先生をお見かけになりませんでしたか」

通りかかった教員らしき人物に尋ねた。まるで面識のない相手だったが、なりふりなどかまっていられない。

「教授なら、さっき帰宅したよ」

メモに「海外出張」とあるとおり、梨多は明日から学会に出席するため中国へと出掛けていく。

その準備をするために早めに帰宅したのだろう。

とにかく、二週間以上も不在にされたのでは手遅れになる。論文に不備があるならすぐに訂正しますから、とにかく単位だけは出してください。そのように今日のうちに話をし、了承を取っておかなければ。

さてどうする。メールを送るか。しかし、いつ返信があるか分かったものではない。それではやきもきするだけだろう。

梨多の家には固定電話がなかった。今日中に話をつけるには直接出向くしかない。

戸守は礼もそこそこに教授研究棟を出て、原付バイクにまたがった。中古で買ったものだから、もうガタがきている。エンジンがかかるまでかなり手こずり、嫌な汗が何筋かこめかみを流れていった。

梨多の家は市内の外れにある。山間部で、たしか「庚中谷《かねたに》」という名称の地区だ。これは何度聞いても覚えられない地名だった。

前に一度、同じゼミの仲間と連れ立って梨多の家を訪問したことがあるから、土地勘は持っている。そのときは広いテラスで簡単なコンパをしたものだ。

馬力のない原付にとって長い上り坂は負担で、思っていたよりも時間を食ったが、道に迷うことはなかった。

山の中だが、孤立した一軒家というわけではない。庚中谷は昔からある集落で、梨多宅の両隣にも家は建っている。

梨多は、住み手のいなくなった古民家を改装して住んでいた。工務店には頼まず、一から十まで自分の手でそれを成し遂げたようだ。

着いたときには午後四時だった。庭先には梨多の車が停《と》まっているから、在宅しているに違いない。

両隣は農家で、この時間なら住人はまだ畑に出ているようだ。

カメラのついたインタホンのボタンを押すと、

《ああ、戸守くん。やっぱり来たか》

幸い、すぐに梨多の声でそう返事があった。

「急いでご相談があります。さっきいただいたお電話の件です」

《分かった。鍵は掛かっていないから入りなさい》

三和土《たたき》で靴を脱ぐのももどかしく、スリッパに爪先を突っ込むや小走りでリビングへ向かった。

人文地理学者らしく、梨多の趣味は郷土史の研究だった。壁には、T県の各市町村の地図がところ狭しと張ってある。「まっぷ先生」の渾名《あだな》がつくのも頷《うなず》ける所以《ゆえん》だ。

手近にあった地図に戸守も目を向けてみる。縮尺は五万分の一だ。線路の形に見覚えがあると思ったら、ちょうどこの市の地図だった。

そのとき一つの発見があった。「庚申谷」のすぐそばに「無田《なしだ》」という地名があるのだ。

その文字がぱっと目に留まったのは、読み方が偶然にも教授の名字と同じだったせいか。それとも「卒業は無しだ」という言葉が頭に浮かんだからか……。

室内の中央には大きな作業机があり、梨多はその前に座っていた。

机上には、いかにもスペックの高そうなデスクトップのパソコンが鎮座している。机の横を見やれば、Ａ1サイズの用紙まで対応した大判プリンターも床に設置されていた。

「その五万分の一はね、たったいまそこに張ったばかりなんだよ。どうだい、なかなかいい出来だと思わないか」

得意の地図談義でも始めるつもりか。呑気にそんな話題を口にした梨多に向かって、戸守は大股で詰め寄った。

「教授、さっきの電話ですが、本気なんですか」

「もちろんだ。こんな大事な問題で冗談など言うはずがないだろう。きみに単位はやれないんだよ」

「どうしてですかっ。拙《まず》い部分があったのならすぐに書き直します」

「まあ落ち着きなさい。ちょっと外の空気でも吸わないか」

この家には、崖に張り出す形でテラスが設けてある。写真撮影も趣味の一つである梨多は、よくそこでカメラを構えているらしい。

二人でテラスに出た。

勧められて戸守は椅子に座った。これは梨多が日曜大工で作ったものだと聞いている。この教授は驚くほど器用で、どんなものでも自分で生み出すのが好きなのだ。

「わたしがネットに載せた文章があるね。それをきみは、あの論文に使っただろう」

「はい。たしかに引用させていただきました」

インターネット上には大学のサイトがある。梨多研究室のページも設けられていて、そこからのリンクで、梨多が個人的に開設しているサイトに飛ぶことができた。

その個人サイトには現在、梨多が書いた「地域の歴史を学ぶ手法」と題された文章がアップされていて、ゼミに所属する学生だけが閲覧できるようになっている。その文章から一部の記述を、戸守は自分のゼミ論文に引用していた。それが拙かったのか。

いや、そんなはずはない。出典は明確にしてあるし、そもそも梨多の個人サイトにある文章を引用することは、梨多自身が認めているのだ。だから、その点で咎《とが》められる筋合いはない。むしろこの教授は学生たちに、自分の文章をできるだけ参考にするよう推奨していたぐらいだ。

「たしかに認めている。だからこそきみに失望したんだ」

「おっしゃる意味が、よく分かりませんが」

「それが分からないようだから、単位はやれないと言っているんだよ」

「どうしてもですか」

「どうしてもだ」

気がつくと、テラスの椅子から腰を浮かせていた。体が勝手に動いたといった感じだった。

梨多の体に向かって両手を突き出した。何をしているんだと諫《いさ》める声がする。冷静になろうとしている自分がどこかにいるのを感じながらも、腕の動きを止めることができなかった。

我に返ったときには、梨多の姿が目の前から消えていた。

テラスから突き落としてしまったのかもしれない。そう思って柵に手をかけ、下を覗き込んでみる。

思ったとおり、梨多の体はそこにあった。

崖下までの高さは六、七メートルほどか。土中からところどころ岩が突き出ている。ゴツッと音がしたのを覚えているから、梨多はその岩に頭を強打したようだった。

俯《うつぶ》せになった体は、まったく身動きをしていない。死んだらしい。

戸守は思わずテラスに膝をついたが、頭は意外に冷静に働いていた。うまくやれば、これは事故死に見せかけられる状況だ。

そう、写真撮影中の事故を装えばいい。

ならば、カメラが死体のそばにあった方がいいだろう。

室内にとって返し、梨多が愛用している一眼レフを探し当てた。

崖下までいき、これを死体のそばに置いておこう。いや、自分の足跡を残すのはまずい……。

戸守は、指紋がつかないようハンカチを介してカメラを持ち、梨多の死体をめがけてそれを放り投げた。

頭にでも当たって傷がついたら不自然な事態になるから、注意深く落とした。

結果、それはうまい具合に、死体から少し離れた位置に転がってくれた。

幸い両隣の家は、いま無人のようだ。ならば物音を誰かに聞かれることもなかったはずだ。

戸守は辺りが暗くなるのを待ち、山間部を出るまでバイクのライトを消したまま現場から逃走した。


学生マンションに帰ってからも、震えが止まらなかった。

戸守はバスタブに湯を張った。普段、夏場はシャワーしか浴びないが、今日ばかりは熱めの湯に肩まで浸《つ》かろう。そうしなければ、この震えを止められそうにない。

脱衣場で服を脱ごうと、襟元に手を持っていったところ、指が小さく空を切った。

ボタンが……ない？

洗面所の鏡に自分の姿を映してみた。

やはりだ。前立てに並んだボタンの一番上、襟元を留めるためのそれが、短い糸を残したままきれいに消え失《う》せている。

このシャツのボタンは、ありきたりのプラスチックや貝ではなく木製だった。その木製ボタンを探すため、戸守は脱衣場の床に膝をついて目を見開いた。

見当たらなかった。

風呂場から出ると、這《は》いつくばるようにして部屋と廊下も探した。それでもボタンは出てこない。

頬のあたりがぴりぴりと痺《しび》れているのを感じた。

落としたのだ。おそらく、梨多の家で。

テラスで教授の体に手をかけたときだ。それ以外に考えられない。

皮肉なことに、さっきまでの震えが止まっていた。いまの自分には怯《おび》えている余裕すらないのだ。

いますぐ、もう一度あの家に戻り、回収してこなければ――。

戸守は部屋を出た。

マンションの駐輪場でまた原付バイクに飛び乗る。

片手でヘルメットを被《かぶ》り、もう片方の手でスターターのスイッチを押した。

エンジンはかからなかった。

もう一度試す。やはり駄目だ。

ほかに足はない。自転車で行くには遠すぎるし、免許は取得している最中だから、レンタカーも借りられない。

同じサークルの仲間が車を持っているが、いくら友人でも無免許の相手に貸してくれるはずもなかった。

この時間ではもうバスも走っていない。

残る手段は――。

ちょうどマンションの前を通りかかったタクシーがあり、戸守はすかさず手を挙げた。

「どちらまで?」

後部座席に乗り込み年配の運転手に行き先を訊《き》かれたとき、戸守は思わず指を額に当てた。地名が出てこないのだ。

バックミラーを介し運転手が様子を窺《うかが》ってくる。その視線にはあからさまに不審の念が込められていた。現在県内では、通り魔による連続傷害事件が発生していた。被害者はすでに三人を数えている。昨年暮れにホームレス男性が足首を、今年四月には女性が太腿を、そして今月に入ってからは、跨線橋の近くで新聞販売員の男性が脇腹を刺されていた。

凶器はいずれも錐のようなもので、警察は同一人物の犯行と見ているらしい。もしかしたら運転手は、こっちをその犯人ではないかと疑っているのかもしれない。

「無田までお願いします」

ぱっと浮かんだ名称はそれだった。

「ナシダ……ですか」

こちらを怪しむ素振りをいったん消し去り、運転手は首を捻《ひね》った。

「すみません、ちょっと聞いたことがないんですけど、どのあたりでしょう？」

「あっちの山の方ですよ」

西の方角を指さした瞬間に、ようやく正確な地名を思い出すことができた。

「すみません、無田じゃなくて庚申谷でした」

「ああ、それなら分かります」

走り出した車のシートに身を沈め、戸守は考えた。

こうなったら第一発見者を装うのが得策だろう。もしかしたらボタンを上手《うま》く探せないかもしれない。その場合でも、死体を発見したときに落ちたという言い訳が成り立つはずだ……。

2

下津木崇人《しもつぎたかひと》は、刑事指導官の風間公親に呼ばれ、山間部にある民家へ向かった。

風間道場の門下生になるよう辞令を受けて以来、ずっと覚悟はしてきたが、いざこのときが来てみると、さすがに身震いを禁じ得ない。

風間道場。未解決の殺人事件が増えたことから、本部長の発案で誕生した新任刑事の育成制度だ。経験の浅い若手に対し、県警随一のエースが一対一で指導にあたる。そのやり方は、他に何人もいる古参の刑事たちを脇に回し、ぺらぺらの新米に捜査の主軸部分をいきなり担当させるという、かなり荒療治的なものだと聞いていた。犯人逮捕もそうだが、何よりも後進育成を眼目としたシステム。それが風間道場なのだ。

その道場主である指導官がまさに鬼のような人物だということも、当然ながら耳にしている。いたって寡黙だが、不意をつくタイミングで、その口から難しい質問が発せられるらしい。答えられなければ、

——「警察学校からやり直すか」

そんな辛辣な台詞《せりふ》を浴びせられることになるという。

到着したのは夜の十時ごろだった。

「大学教授がテラスから転落して死亡した」と聞いていた。

教授の名前は梨多だという。何となく記憶にある名字だ。梨「田」ではなく「多」だから印象に残っていた。何年か前、おそらく警察学校の学生だった時分に、新聞でその名前を見た記憶があるのだ。

現場に到着すると、地元署の刑事から、「梨多教授は五十二歳、独身です」と教えられた。

風間は、リビングに張られた市内の地図を眺めていた。

「テラスから下を覗いてみろ」

鑑識係のフラッシュライトが夜の斜面を照らしている。そこに男が俯せの状態で倒れていた。あれが死亡した梨多だろう。少し離れた位置に転がっているのは一眼レフのカメラのようだ。

発見者は戸守という大学の教え子らしいが、心労のため、いったん学生マンションへ帰っているとの話だった。

「きみの見立ては？」風間に訊かれた。

「一見すると事故死のようですね」

「ちょっとよろしいでしょうか」

背後から声をかけてきたのは、地元署の捜査員だった。

「これがテラスで見つかりました」

捜査員は白手袋の指に、透明なビニール袋を摘《つ》まむようにして持っていた。その袋のなかには一円玉よりもさらにミニサイズの丸い物体が入っている。

直径は一センチほど。中央部分に小さな穴が四つ空いているから洋服のボタンだろう。

薄茶色で不規則な縞《しま》模様が走っている。これは木目か。プラスチックや貝なら珍しくもないが、木製のボタンはあまり見かけない。

風間を前にしているせいか、地元の捜査員もかなり緊張した面持ちだった。

いったん家の外に出て、風間と一緒に近所で聞き込みをしたところ、左隣の住人はこう証言した。

「あの先生はときどき、カメラを構えてテラスの手すりに寄りかかっていることがありました。いつか転落するんじゃないかと心配していましたよ」

一通り話を聞き終え、その民家を辞したところで、

「やはり事故死ですかね」

そう下津木が言うと、風間がじっと見据えてきた。

「……何か？」

「いまさらの質問だが、一般的に考えた場合、刑事の仕事は次のどっちだ。人を信じることか。それとも疑うことか」

「後者だと思いますが」

「それぐらいは分かっているようで安心した。だが、きみ自身はどうも人の言うことを簡単に信じすぎるきらいがあるようだな。だとしたら刑事としては致命的だぞ」

「……すみません」

「あらゆるものを疑え。徹底的にな」

「肝に銘じておきます」

右隣に住む主婦にもあたってみた。

「本当に人のいい先生でしたよ。うちの子が夏休みの自由研究で困っているとき、お忙しいところを親切に手伝ってくれたんです。前にあんなことがあったと思ったら、今度は転落だなんて、本当に残念で――」

「ちょっと待ってください」下津木は手を上げて話を遮った。「『あんなこと』とは何でしょうか」

その主婦は怪訝《けげん》な顔をした。警察の人なのに知らないんですか。そう目が言っている。

ここで下津木は風間に肩を叩《たた》かれた。「もういい」の合図だ。

主婦に一礼して背を向け、少し歩いたところで風間が言った。

「三年前、被害者はアカデミック・ハラスメントの疑いをかけられたことがある」

そうか。それが新聞沙汰になったのだ。だから梨多という名前に覚えがあったわけだ。

「でも、あれは誤報だったんですよね」

「ああ」

聞き込みを終えて、梨多の家に戻ってきたときには、彼の遺体はもう搬出された後だった。

ネックストラップのついた一眼レフカメラも室内に戻されていた。

「下津木、きみは写真を撮るときにどんなカメラを使っている」

「たいていはスマホですね」

「デジタル一眼レフを使ったことは？」

「ほとんどありません」

警察学校での撮影実習でなら使った。だが卒業してからは、何を撮るにしても、ほとんどスマホで済ませてしまっている。

「いい機会だ。経験してみたらどうだ」

風間は梨多のカメラに目を向けた。

「無断で借りることになるが、これも捜査のためだ。故人も許してくれるだろう」

「はい」

下津木はカメラの前へと歩み寄った。

これは梨多が自分で施したものだろうか、ボディの隅には「Ｍ・ＮＡＳＨＩＤＡ」とローマ字が丁寧に彫り込んである。これだけでも、故人がこのカメラを大事に使っていた様子がよく伝わってくる。

先ほど目にしたときは地面に転がっていたが、鑑識係も気を利かせたらしく、ボディには一かけらの土も付着していない。

手にしてみると、思ったよりも軽かった。有機的なデザインが触っていて心地いい。人の手の形にぴったりと馴染《なじ》むよう、細部に至るまで綿密な計算によってボディが設計されているのだ。かなり高価な商品であることは、カメラにそれほど詳しくない身でも容易に理解できる。

「刑事にとっては、被害者の身になってみることも、大事な捜査過程の一つだ」

風間はテラスの方へ向かって軽く顎をしゃくった。出て撮影してみろ。そう言っているようだ。

下津木はカメラを持って窓からテラスに出た。足元にあった、梨多が使っていたに違いないテラス用のサンダルも履かせてもらうことにした。

これがコンパクト型のデジカメなら顔から離して構えるところだが、一眼レフの場合は撮影前の被写体がモニターに映らないため、そういう持ち方はできない。

下津木はネックストラップを首にかけてから、カメラを顔の高さに持ってきて、ファインダーに右目を押し当てた。

そうしてレンズを下から包み込むように持ち、樹々に向かってズーム操作を行なっていると、

「遺体の様子を覚えているか」

いつの間にかすぐ背後に立っていた風間が、そう声をかけてきた。

「はい」

——捜査は時間との勝負だ。いちいち写真を見返している暇はないと思え。現場の様子は網膜をフィルム代わりにして焼きつけておけ。

警察学校ではそう教わってきた。

「では気づいただろう」

「何にでしょうか」

「おかしな点にだよ」

「……ストラップですね」

このデジタル一眼レフは重量こそ軽めだが、値段はかなり張るものだ。所有者がいなくなったとはいえ、それでも落とすわけにはいかないと思い、いま自分はほとんど無意識のうちにネックストラップを首にかけていた。

梨多はこのカメラを大事に使っていたようだ。ならばきっと撮影の際、彼もまた常にこうしてストラップを首にかけていたに違いない。地面から高い位置にあるこのテラスで使うのなら、なおさらうっかり取り落とすことを警戒し、そうしたはずなのだ。だが――。

下津木はテラスの柵に近寄り、下を覗き込んだ。

照明がすべて撤去されているいま、そこは真っ暗な洞《うろ》のように見えている。

その漆黒のスクリーンに、記憶のなかから取り出した映像――先ほど目にした現場の様子――を投影してみる。

倒れた梨多の首には、ネックストラップがかかっていなかった。

六、七メートルもの高さから転落しているのだから、地面にぶつかった衝撃で首から外れたとも考えられるが、それにしては一眼レフの転がっていた位置が離れすぎていたように思える。

すると、何者かが後からこのカメラだけを放り投げたということか……。

3

――地図が自由に買えるというのは、実は素晴らしいことなんだよ。

そんな梨多の声を、戸守は耳元ではっきりと聞いたような気がした。

あれほどの出来事があったのだから、一睡もできないだろうと覚悟していたが、気持ちより体の方がもっと疲れていたらしく、気がつくと浅い眠りに落ちていた。

戸守はベッドから起き上がり、カーテンを開いた。

小雨が降っている。

午前九時。スマホの電源を入れ、おそるおそるニュースサイトを覗いた。

梨多の件が、ごく簡単だがすでに報じられていた。「転落して死亡」とだけある。事故か事件かははっきりしない記事だった。

顔を洗っているときに気がついた。昨日、自動車学校を無断で休んでしまったことに。電話をし、事務職員に謝ってから予約を取り直す。

——明日の午前中に捜査員がうかがいますので、部屋で待機していてください。

昨晩、梨多の家から一一〇番通報したあと、臨場した警察官からそのように依頼されていたから、しばらくここでじっとしていなければならない。

チャイムが鳴ったのは、午前十時を少し回ったころだった。

ドアスコープから覗くと、廊下には二人の男が立っていた。

若い方は下津木、年嵩《としかさ》の方は風間と名乗った。

「戸守くん、あなたと梨多先生とのご関係はどんなふうでしたか?」

質問してきたのは下津木の方だった。

戸守は内心で安堵《あんど》した。下津木の態度が無垢《むく》そのものだったからだ。これまで人を疑ったことがあるのだろうか。そう心配したくなるほど攻撃性に欠ける物腰をしている。こういう人物でも刑事になれるというのが少し意外だった。

「何も問題はありませんでした。教授にはとてもお世話になっていましたから、本当に残念です」

気になるのは、隣に控えている風間という男だ。

まだ五十前だと思うが、見事な白髪だ。下津木とはまるで反対に、両目とも肌寒くなるような眼光を放っている。その目だが、左右で微妙に向きがずれているようだ。もしかしたら右の方が義眼なのかもしれない。

彼の方は極力見ないようにする。目を合わせただけで、内心を覗かれてしまうような気がしたからだ。勘で分かる。この男に嘘《うそ》はつけない、と。

「昨晩は、教授の家へ何をしに行ったんですか」

「ゼミ論文の指導を受けるためです。まさか、まっぷ先生があんな事故に遭っていたなんて、想像もしていませんで——」

「ちょっと待ってください」

下津木に遮られた。

「いま言った『まっぷ先生』というのは？」

訊き返されて初めて、つい愛称で呼んでしまったことに戸守も気づいた。

「梨多先生の渾名なんです。名前が真夫で、かつ地図がお好きだったので、先生と親しい学生たちはみんな、そう呼んでいました」

下津木がメモ帳に「真夫」と書いたのが見えた。その文字から視線を離すことなく繰り返し頷いている若い刑事に向かって、戸守は言葉を重ねた。

『地図が自由に買えるというのは、実は素晴らしいことなんだよ』――そう先生はおっしゃっていました」

下津木が顔を上げた。「ほう」

「『戦時中の国では精密な地図は手に入らないものだ。かつての日本でもそうだった。地図が当たり前に買えるということは、国土の基本的な情報が世界に公開されているということだから、自由な国である証拠なんだよ』と」

下津木は感心した様子で頷いている。

視界の端でとらえた風間はと言えば、じっと動かないでいるようだ。微妙に向きのずれた両目で顔を見つめられているのが分かる。視線が猛烈に痛かった。

「二年生のときに履修した地理学基礎論という授業で、梨多先生からその話を聞いたとき、自分でもよく分かりませんが、とても印象に残ったんです。それで、専攻を梨多先生が教えていた人文地理学に決め、先生のゼミにも参加するようになりました」

「なるほど」

「それから、ちょうど先日、地元新聞社の入社試験を受けたんですが――」

「えっ、そうなの」

また下津木が言葉を挟んできた。「希望した職種は何？　やっぱり記者かい」

「ええ」

「で、結果はどうだった？」

「幸い合格できました」

「じゃあ、これからぼくたちは長い付き合いになるんじゃないかな」

「そうですね。特に新人記者の場合、最初は警察回りをやらされますから」

下津木の顔がますます腑《ふ》抜《ぬ》けたものになった。こちらに親近感を抱いたようだ。

「そういうことだよ。親近感を覚えてしまうな」

思ったそばから下津木自身がその言葉を口にしたため、戸守は笑いそうになった。

「刑事も記者も似たもの同士だよね。その情報が正しいのか正しくないのか、とことん疑う姿勢が大切って点でさ。——あ、ごめんね」

下津木は、つい話の腰を折ったことを詫《わ》びる。もう横槍《よこやり》を入れてくる気配はなかったから先を続けることにしたが、どこまで話をしたのか度忘れしてしまっていた。

「入社試験に合格した、と。そこまでお聞きしました」

助け舟を出したのは風間だった。

「そうでした。ありがとうございます」

目を合わせないようにして礼を返す。気がつくと喉がだいぶ渇いていた。空咳《からせき》を一つ入れてから続ける。

「その新聞社の入社試験に小論文があったんですが、そのテーマが『自由な国とは何か』というものだったんです。そのとき、頭にぱっと梨多先生から聞いたいまの話が浮かんで、『地図が自由に手に入るのが自由な国である』という論旨で書いたら、見事に合格できました。だから先生にはすごく感謝していたんです」

「そうですか。なおさらお気の毒です」

「あと、先生はすごく手先が器用で、何でも自分で作ってしまうんです。あの家の改装も一人でやったぐらいですから。そういうところも、すごく尊敬できました。なのに……」

戸守は痛恨の表情を作ってみせた。昨晩から、何度も鏡の前で練習した顔だ。

「ところで、これに見覚えはありますか?」

下津木が何か掲げてみせた。証拠品を保管するための透明な小袋だった。木目のついたボタンが一つ入っている。

「たぶん、ぼくのです。教授を探してテラスに出たとき、落ちたんだと思います。前から糸が緩んでいたので、つけ直さなければと思っていたところでした」

「分かりました。――では、我々はこれで失礼します。どうぞ気を落とさないように」

うまく言い逃れることができたと思う。下津木は、完全にこっちの供述を信じた様子だ。

ただ風間の方には、最後まで視線をやることはできなかった。

別れの挨拶をする前に、ふと思いついたことがあった。

「そうだ、刑事さん」下津木に言った。「こっちから質問してもいいですか」

「どうぞ」

「前に、砒素を使った毒カレー事件というのがありましたよね。カレーから見つかった砒素と、容疑者の家から見つかったそれが同じだと証明するには、どうしたらいいんでしょうか」

下津木は何か言おうとしたが、とっさには答えが見つからなかったらしい。困った顔を風間の方へ向けた。

「自分で考えることです」

風間の返事は、底冷えのするような声だった。

思わず身震いしてしまい、戸守は軽はずみに質問したことを後悔した。

刑事たちが出ていったあと、窓から様子をうかがった。

引き続き「行動確認」とやらをされるのではないか。そう心配したからだが、捜査車両に乗り込んだ二人は、そのまま張り込みをするでもなく、どこかへ去っていった。

一息ついてから、戸守は自分のゼミ論文を見直してみた。

ネットに上がっていた梨多の文章。そこから引用した部分に、どうやら問題があったらしい。

そこを読み返してみる。

【地理学で言う景観には「自然景観」と「人工景観（または文化景観）」の二つがある。

「自然景観」とは山や森などの大自然の風景を指す。また地表にある土や岩なども含まれる。

「人工景観」とは、農地や町や村など人間の手が入ったところを指す。歴史的に見て、人間は「自然景観」を「人工景観」に変えることで文明を営んできた。

これとは反対に「人工景観」を「自然景観」に変えてきた文明は、わずかしか存在しない】

その後、戸守は大学へ向かった。

なぜ梨多がゼミ論文を認めなかったのか、その理由が知りたい。梨多ゼミで助手を務めている大学院生の加藤《かとう》に訊いてみれば何か分かるのではないか。警察の目があるため大っぴらに動くと危ないが、加藤は口の固い先輩だから、その程度のことなら相談しても差し支えないだろう。

まだ望みは捨てなくてもいい。梨多の死でゼミ論文の評価が変わる可能性は十分にある。

単位を認めない——その件を、梨多はまだ正式に大学側へは報告していないだろう。

ならば、後任の教授が甘いタイプの場合、単位を付与してくれる可能性がある。そのあたりの情報も早く得たかった。

4

カメラのストラップが不自然だという理由から、梨多の事件は他殺も視野に入れて捜査されることになっていた。

戸守の部屋を辞したあと、下津木は風間と一緒にタクシー会社に向かった。昨夜、戸守を乗せた運転手から話を訊くためだ。

出てきたのは佐村《さむら》という年配の男だった。聞けば、もう四十年以上もこの市内でタクシーに乗務しているというから、かなりのベテランだ。

「七月二十五日の夜、つまり昨晩ですが、学生を乗せましたね。彼の挙動に不審な点はありませんでしたか」

「ありましたよ。初めはだいぶ落ち着かない様子でしたから、わたしはてっきり、こいつが〝千枚通し〟じゃないかと疑ってしまったぐらいです」

いま県内で断続的に起きている通り魔事件の犯人は、凶器として千枚通しを使用している。その点は何度もマスコミが報道しているため一般的に知れ渡っており、件《くだん》の凶器名は犯人を指す別称ともなっていた。

「落ち着かなかったというのは、具体的にはどんなふうに？」

「行き先を度忘れしたらしく、すぐには口から出てこなかったんですよ。で、しばらくしてから、あの学生さんはまず『ナシダまで』と言ったんです。そのあと、『庚申谷まで』と言い直しました」

「ナシダというのは亡くなった教授の名前です」

「そうらしいですね。わたしもラジオのニュースで知りました。四十年も市内でこの仕事をやっているのに、いままでそんな地名を一度も聞いたことがなかったので、変だと思ったんです」

「運賃はいくらでした」

乗務日誌というやつだろうか、佐村は手に携えていたバインダー式のノートを開いた。

「千九百七十円ですね」

「教授の家に到着したのは何時ごろでしょう」

ノートに向けられていた佐村の視線がやや横に移動する。

「午後九時ジャストです」

タクシー会社を辞したあと、下津木は風間の耳に顔を寄せた。

「研究室ではなく自宅で論文の指導をしてもらうほどですから、戸守と梨多は、学生と教授にしては、ずいぶん近しい間柄だったようですね」

殺人のほとんどは顔見知りの間で起きる。その関係が親密であればあるほど、愛はもちろん憎も深くなる。

「ああ。いまの聞き込みで、きみの気づいた点は?」

「やはり戸守が『ナシダまで』と言った点ですね。早く教授の家へ行こうとして思わず口から出たんでしょうが、考えてみるとおかしな言い方です」

「教授を呼び捨てにするとはな。してみると、戸守は乱暴な性格かもしれんな」

「そうですね」

「あるいは、相当な慌て者だということだ」

「はい。梨多とは一面識もない運転手に向かって、そんなふうに告げているぐらいですからね」

「あるいは、こうも考えられないか」

下津木は風間の言葉を待った。

「あの運転手が知らなかっただけで、本当にナシダという地名がある、とは」

「たしかに、その可能性もありますね。ちょっと調べてみますか」

下津木はスマホを取り出した。

梨多、梨田、無田、無多、成田、為多……。想定できるかぎりの漢字でネット検索をしてみたが、市内に「ナシダ」の地名は確認できなかった。

「他殺だとすれば、怪しいのは戸守だな」

「ですね。ボタンという遺留品もありますし」

「本人は否定したが、梨多との間にいざこざがあったのかもしれん」

「その点も、大学で聞き込みしてみます」

昨夜、タクシーで現場へ向かう以前に、戸守はすでに一度、梨多の家に行っていた。おそらく夕方ぐらいにだ。そのとき梨多を殺したが、揉《も》み合ったためボタンを落としてしまった。マンションに帰ってからそのことに気づき、遺留品を回収するため慌ててタクシーで舞い戻った――。

そのように風間は、自分の見立てを説明した。

「大学での聞き込みと並行して、庚申谷地区を中心に、目撃者を探す必要がありそうだな」

「ええ。当日、戸守を見た者がいないかどうか、徹底的に調べてみます」

「もし目撃者が皆無で証言が得られなかった場合は、戸守を再度、直《じか》につついてみるしかないだろう」

「そうですね」

「その場合は戸守を現場に呼んでみるか。転落した梨多を発見したと彼は言っているわけだが、その際の様子を再現してもらうわけだ。同じ時間帯にな。どうだ？」

「もちろん賛成です。ぜひやりましょう」

風間と別れてから、下津木は両手を高く突き上げ、大きな伸びをした。

ふっと息を吐き出す。

〝鬼指導官〟との付き合いは、思っていたよりずっと楽だ。あれほど心配していた自分が、いままでは間抜けな道化に思えてならない。

しかし……。

何かがおかしいという気がしているのも事実だ。自分はとんでもない矛盾を見逃しているのではないか。そんなかすかな疑念が、昨夜この捜査に従事して以来、頭の片隅にずっと巣くい続けている。

両手を突き上げたままの姿勢で、下津木はしばらく固まっていた。

5

「戸守くんさ」

ゼミ論文を読み終えた先輩の加藤が、用紙に目を落としたまま口を開いた。

「たしかにこれは駄目だよ。教授が認めなかったはずだ」

「どこが駄目なんですか」

「ここだね」

加藤が指さしたのは、引用個所の最後の部分だった。

「きみの知っている文明を挙げてみな」

「文明……ですか。メソポタミア、エジプト、インダス、中国あたりですかね」

「いわゆる四大文明だな。それらは、自然景観と人工景観という視点から見た場合、どうだい」

「どれも、自然を人工に変えていますね」

「そうだ。ほかにも、中央アジア、スキタイ、ギリシア、ミノス、ヘレニズム、ローマ、西欧、東欧、イスラム、アフリカ、中央アメリカ、メソアメリカ、アンデス、そして日本と、歴史上の文明はいろいろある。これらはどうだい？」

やはりどれも、自然景観を人工景観に変えてきた文明だ。

一方、梨多が書いた文章にはこうある。

――「人工景観」を「自然景観」に変えてきた文明は、わずかしか存在しない。

では、その「わずかな例」とは何だろう。

「いいかい、戸守くん。そんな文明の例など存在しないんだよ」

「……でも、どういうことですか。教授は存在すると書いていますが」

「ああ、書いている」

「じゃあ、教授が間違ったわけですね」

「そうなるな。だけど、うっかりじゃない」

「では、わざと間違えた、というんですか」

「ってことになるね」

「ですけど、なぜ……」

まだ分からないかな、という顔を加藤はしている。

一拍置いてから、ようやく戸守にも理解できた。

「つまりこれは……トラップなんですか」

「そういうことだ」

梨多は自分の論文にわざと間違いを仕込んでいた。学生がどこまで自分の頭で深くものを考えているかを見るために。

教授の書いた文章を鵜呑《うの》みにせず、その間違いを訂正した形で引用していれば合格にし、反対に、妄信してそのまま引用した場合は不合格にする。それが梨多の仕掛けた罠《わな》だ。

おそらく、今回自分が引っ掛かったこの一か所のみならず、ネットに上げてあるほかの文章にも、あちこちに学生を試すための同じようなトラップが仕掛けてあるのだろう。

「戸守くん、特にきみは、いやしくも新聞社に入ろうとする人間だ。花形の記者職としてね。記事を書く人間にとって、最も大事なことって何だろう」

「その情報が正しいのか正しくないのか、とことん疑う姿勢――ですか」

口にしてから初めて、いまの言葉が昨日、下津木という刑事から聞いた文言そのままであることに思い至った。

「よく分かってるじゃないか。だからなんだよ。だから梨多先生はきみのゼミ論文を認めなかったんだ。先生の信念として、そうした記者になる以前の基本的な姿勢ができていない学生を新聞社に入れるわけにはいかなかったんだと思う」

おそらく加藤の言うとおりなのだろう。

梨多自身が、報道被害に遭っていることを思い出した。

学生にアカハラをしているという悪質なデマが流れて、それを鵜呑みにして報道した記者がいたせいだ。

単位を認めてもらえなかった学生が、腹いせに梨多を誹謗《ひぼう》中傷する文章を書き、それをネットに載せたところ、一部で騒ぎが大きくなった。この話題に、大きなネタを欲していた全国紙の記者が飛びついたのだ。

「誤解しないでほしいが、先生は自分の恨みを晴らそうとしたんじゃないよ」

加藤は、ゼミ論文の用紙を返してよこした。

「……分かってます」

「自分のような被害者がまた出てくること。それを梨多先生は恐れたんだ。だから心を鬼にして、戸守くんのゼミ論文を不合格にしたんだよ」

分かってます。今度は言葉にならなかった。

押し寄せた罪悪感に体が潰されてしまいそうな気がする。いままで一方的に教授を恨んでいたが、非は自分にあったのだ。しかし——。

とんでもなく高い競争率を突破してせっかく手にしたマスコミの内定だ。絶対に失いたくない。

「まあ、心配するなって」

伸びてきた加藤の手が、こちらの肩を二度ばかり叩いた。

「もうじき後任の教授が他の大学から来るけれど、けっこう学生に甘い人だと聞いているよ。もしかすると、その新教官なら、梨多先生のトラップに気づかず、きみの論文にある誤りをスルーするかもしれないね。そうしたら単位はもらえるんじゃないかな」

戸守は密《ひそ》かに拳を握った。

光明が見えてきた。加藤の言うとおりなら、あとは梨多の死が事故として片付いてくれさえすればいい。

6

梨多家の前でブレーキを踏み、下津木は捜査車両の運転席から降り立った。

後部座席のドアが開き、戸守も地面に足をつける。

助手席の風間も車外に出たのを確かめてから、下津木は戸守に向かってうなずいた。

「じゃあ、始めてもらえるかな」

「はい」

戸守が梨多家の玄関口に向かう。下津木は持参したフラッシュライトを点灯させ、その光で彼の足元を照らしてやった。

「あの日ぼくは、タクシーを降りたあとすぐに、こうして」

戸守がインタホンのボタンに手を伸ばした。

「チャイムを鳴らしたんですが、応答がなかったんです。でも、玄関前には梨多先生の車が停まっていましたから、在宅していることは間違いないと思いました」

「それで？」

ライトの光をドアノブへと移動させながら、下津木は戸守の動きに目を凝らした。

大学で聞き込んだところ、梨多が戸守のゼミ論文を不合格にしようとしていたことが判明した。これで戸守への嫌疑は一気に深まったが、あの日、彼の姿をこの近辺で見たという証言は一つも得ることができなかった。

そこで風間が提案したとおり、戸守にあの晩の動きを再現してもらうことになった。

現在の時刻は午後九時。タクシー運転手の佐村が到着時刻として証言したとおりの時間だ。

「たぶん先生は眠っているのだろうと思いましたが、こっちも急いでいます。先生は海外出張を控えていましたので、どうしてもその日のうちに論文を見てもらう必要があって、ぼくとしても必死だったんです。そこで、失礼を承知でドアを引っ張ってみたところ、鍵は掛かっていませんでした」

「それから？」

「心配になって、入ってみることにしました」

戸守は家のドアを開けた。三和土《たたき》に足を踏み入れる。

「前に一度来たことがありましたから、照明のスイッチがどこにあるのかは、何となく覚えていました」

暗がりのなかで戸守の手が動く。その気配があったと同時に、カチリとスイッチの入る音がし、三和土と上がり框《がまち》の上で照明が点《つ》いた。

戸守、下津木、風間の順に靴を脱ぎ、梨多の家に上がり込む。

「『先生、たいへん失礼ですがお邪魔します、戸守です』と大きな声で言いながら、こっちへ入っていきました」

戸守はリビングに向かい、いまと同じように照明のスイッチに手を伸ばした。

「このスイッチをオンにしたとき、指が触れたので、ここに懐中電灯もセットされていることが分かりました」

戸守の言うとおり、スイッチ横の壁に、ちょうどいま自分が持っているものと似た形のフラッシュライトが一本取り付けてある。

「こうやって明かりを点けたら、テラスに出る窓が開いていることに、真っ先に気づいたんです」

テラスに出る窓は、リビングの入り口から見て正面に位置している。なるほどこの間取りなら、戸守の言うとおり、照明がついたとたん最初に目に飛び込んでくるのはあの窓だ。

「もしかしたら、と嫌な予感が働きました。それで、こう動きました」

戸守はリビングを一直線に突っ切り、窓からテラスに出る。下津木はその背中を追った。

戸守はテラスの柵に手をかけ、いったん上半身を外側に乗り出すようにしてから、背後を振り返った。

「こうして下を覗いてみたんですが、暗くてよく見えません。ですからリビングの入り口まで戻って、さっきの懐中電灯を取ってきてから、下を照らしてみたんです。そうしたら案の定……」

戸守は口に手を当て、きつく目を閉じた。

「つらいようなら、ちょっと休もうか」

「すみません。大丈夫です。――そういえば」

口元から離した手を、戸守は額に当てた。

「いまにして思うと、懐中電灯を取りにいったとき、ここでカランと小さな音を聞いたような気がします」

「襟のボタンが落ちた音、ということだね」

「だと思います」

――あらゆるものの言い分を疑え。徹底的にな。

風間の教えは忘れていないつもりだった。

戸守の動きに、証言と矛盾する部分を発見できるはずだ。そうした前提で、油断することなく、彼の一挙手一投足に目を凝らした。しかし――。

疑わしい点を見つけることはできなかった。

下津木は風間に目配《めくば》せをした。

――いいだろう。十分だ。

風間の返してよこした僅かな頷きをそう解釈し、現場をあとにする。

捜査車両で戸守を学生マンションまで送り届けたあと、車に乗り込む間際に風間が言った。

「どうやら梨多は事故死。つまり戸守はシロのようだな」

「わたしもそう考えます。彼の証言と行動の間に矛盾は見当たりませんでしたから」

「では、これまでの捜査状況を報告書にまとめておいてくれないか。悪いが、明朝までに頼む」

「承知しました」

本部に戻ったときには、時計の針は午後十一時を回っていた。

ノートパソコンの画面を開き、電源のスイッチを入れたところで、

――待てよ。

キーボードに伸ばそうとした指の動きを、下津木ははたと止めた。

矛盾なら大ありだ。

この捜査に従事して以来、ずっと心の底で、何かがおかしいと思い続けてきた。その正体が、いまようやく分かった。

風間の態度だ。

鬼教官と聞いていた。質問攻めにされ、答えられなければ「警察学校へ戻れ」と恫喝《どうかつ》されると。

しかし、実態はまるで違っていた。

自分は大した質問をされていない。先に意見を言うのは常に風間で、こっちは同意を求められていただけだ……。

そこまで考えて、下津木はようやく気づいた。

先ほど戸守をテストにかけたつもりでいたが、本当にテストされていたのは、おれの方だったのではないか。

あらゆるものを、どこまで疑えるのか。自分は風間にそう試されているのでは――。

このままでは風間道場をクビになり、刑事の道も閉ざされてしまう。

――警察学校からやり直すか。

言われずに済みそうだと思っていたその言葉を、下津木はいま、はっきりと耳元で聞いたように感じた。

7

後任の教授から首尾よく単位をもらえたその日、大学構内の片隅で、戸守はまた下津木と風間の訪問を受けた。

今日は二人のうち下津木だけがこちらへ近寄ってきた。

何かの設計図でも見せるつもりか、若い刑事はその手に、図面を入れる大きな筒を持っている。

喉の奥が緊張できゅっと音を立てたのが分かった。先日、風間の姿を目にしたときそうなったが、今度は下津木の顔を見ても同じことが起きたのだ。

新米刑事の表情が、この前とは別人のように変わっていたせいだ。

知り合いの学生に、似たようなやつがいたのを思い出す。遊び惚《ほう》けていたところ、教授から雷を落とされ、急に面構えが一変した。それまで腑抜けた様子だったそいつは、真面目に勉強を始め、大学院への進学を決めている。

下津木も、この数日のあいだに、もしかしたら同じような経験をしたのかもしれない。先輩刑事の風間にかなりきつく絞られたのではないのか。

風間は大声で怒鳴るような人間ではなさそうだ。沈黙しながら、それでいて底知れない威圧をかけてくるタイプに違いない。

あれほど不気味な男から、そんな沈黙の鉄槌《てっつい》を食らったら、いまの下津木のように雰囲気ががらりと変わったとしても、決しておかしくはないような気がする。

「戸守くん」

顔つきのみならず、下津木の声もまた先日とは異なり、やけに落ち着いた響きを帯びていた。

「ぼくはきみにお礼を言わなければならない」

「……どういうことですか」

「この前、きみがぼくに問題を出してくれただろう」

しばらく考えてから、砒素の話だと見当がついた。

ここ数日、事件の行方が気になって何も手がつかなかった。刑事訴訟法概論も、結局はレポートを出すことなく、履修を放棄するかたちになってしまった。

「あれが、ぼくにとってはいい勉強になったんだ、とてもね」

「それは何よりです。それで、肝心の答えは分かったんですか」

「まあね。調べてみたら案外簡単だった。——いいかい、純粋な百パーセントの砒素というのは、市場には出回っていないんだよ。つまり、いろんなところに保存してある砒素には、ほぼ全部、何らかの不純物が混じっているということなんだ」

戸守はここで指を鳴らした。

「なるほど、そこまで教えてもらえば、ぼくにも答えの見当がつきました。砒素Aと砒素Bに混ざっている不純物をそれぞれ調べて比較すればいいんですね」

「ああ。その不純物が一致すれば、容疑がガッチリと固まるというわけだ。——刑事のくせに不勉強を恥じるしかないが、この理屈にはちゃんと名前がついているんだそうだ」

「どんな名前ですか」

「『カンニングの法則』だよ」

なるほど、うまいネーミングだ。

二人の人間が試験を受けたとき、正答だけでなく誤答まで一緒だと、カンニングの疑いが出てくる。特にその誤りが、通常ではありえないような間違いだったりすれば、疑いは確定的となる。そうした事象から命名された言葉だろう。

「さて戸守くん。きみは一度、梨多先生の家に行った。そして彼を殺して帰宅したあと、遺留品に気づいて舞い戻った。そうだね」

ずばり切り込まれたが、これは予想したことだった。

「違いますよ」

あまり狼狽《うろた》えることなく、戸守は応じた。

「それとも、ぼくを現場付近で見たという証言でもあるんですか」

目撃証言が出てきたらどうしようかとびくびくしていたが、事件発生からもう何日も経《た》っている。

人間の記憶は時とともに薄れる一方なのだから、いまごろ証言が出てくるとは考えられない。

「それはないね」

ほらみろ。改めて安堵したが、表情には何らの感慨も出さないように注意した。

「だけど、ほかの証言ならあるよ」

「誰の証言ですか」

「戸守くん、きみ自身のだ」

意味が分からないでいると、下津木は手にしていた筒の中から一枚の図面を取り出した。

この市の地図だった。

「これを知っているね」

「さあ」

「いや、見ているはずだ。梨多先生の家でね。この地図は先生の家から持ってきたものだ」

「そういえば、あの夜、壁に張ってあったような気もします」

「違うね。きみは夜になる前に、すでに一度これを見ているはずなんだ」

「馬鹿な。どうしてそう断言できるんですか」

「無田だよ」

ナシダ？　教授の名前かと思ったが、すぐに別の意味だと気がついた。

「きみはタクシーの運転手に、そう行き先を告げている」

「ええ。たしかに言いました」

下津木は地図の一点を指さした。

「なるほど、たしかに先生の家の付近に『無田』という地名が書いてあるね」

ここで下津木はもう一枚、別の地図を取り出した。

「これは、同じ市内の地図だ。ただし先生の家にあったものとは別の地図会社が出しているものだ。よく見てほしい」

言われたとおりにして、戸守は首を傾《かし》げた。

無田という地名がどこにも載っていなかったからだ。

下津木はさらにもう一枚、「これも別の会社が出している製品だ」と説明しながら市内地図を出して掲げてみせた。

それにもやはり無田は載っていない。

「これで分かったね。『無田』——その地名が記載されているのは、先生の家にあった地図だけなんだよ」

「そんな馬鹿な話がありますか。どの会社もちゃんと載せるはずですって。だって地名ですよ。そういう大事なものが、地図によって出ていたり出ていなかったりするわけないでしょう」

「それがあるんだよ。地図という商品の場合はね」

下津木は一歩距離を詰めてきた。

「きみは知らなかったようだが、ほかの会社が勝手にコピーした場合、無断複製を証明するために、目立たない場所に架空の地名を入れることは、よく行われているんだ」

不純物の一致で証明する——カンニングの法則か。

「先生の地図では、架空の地名を書いた場所が田んぼも何もない山の中だったから、『無田』という名前を入れたんだろうね」

戸守は口を開いた。とにかく何か反論しなければ。必死に糸口を探す。

「待ってください。タクシーの運転手さんに言った『ナシダ』ですけど、あれは先生の名前ですよ。地名じゃない。庚申谷という名称が思い出せなかったから、とっさにそう口走ってしまったんです」

「ほう。でも、それはちょっと変だね。いくら慌てていても、梨多先生を知らない相手に、そんなことを言うものかな」

「慌てていたんですって。だからとっさに――」

「それにだ」

下津木が指を一本立てることで、こちらを遮ってきた。

「きみにとって、とっさに出てくる梨多教授の呼称はたしか『まっぷ先生』じゃなかったのかな」

ぐっ。自分の喉から洩《も》れた妙な音を戸守は聞いた。

「とにかく、ぼくが『ナシダ』と言ったことだけでは、犯行の証明にはなりませんよ。だって、先生が買ったその地図を、ぼくも書店かどこかで、すでに目にしていた可能性だってあるじゃないですか」

「誰が『買った』って言った」

「え?」

「こっちに教えてくれたのはきみだよ」

「ぼくが何と教えたんですか」

「『先生はすごく手先が器用で、何でも自分で作ってしまうんです』と」

それじゃあ、その地図も——。

「そう、これも梨多教授がパソコンで作ったハンドメイドの地図なんだ。しかも、架空の地名を入れるところまで怠りなくやっている実に芸の細かい逸品さ。繰り返すが手作りだ。つまり商品として流通しているものじゃない。したがって、きみが書店で目にすることは不可能なんだよ」

目の前に暗い淵を見たような気がした。

「また、PC内に残っていたデータから作成日時も分かっている。七月二十五日の午後三時半に、教授の家にある大判プリンターで印刷されたものだ。要するにこの地図は、きみが教授を突き落とす直前に出来上がったばかりだったんだ。これが何を意味するか分かるね」

その暗い淵に、足の方から引き摺りこまれていくような錯覚を覚えた。

「きみはこう主張するかもしれない。『ぼくが無田という地名を知っていたのは、七月二十五日以前にもこの地図を見たことがあったからです』と。だけど、そんな言い訳は通用しないってことだよ」

下津木の声は、どこか苦しげだった。無理もない。新米刑事と新聞記者の卵。もしかしたら深い付き合いが始まっていたかもしれない相手を、こうして容赦なく追い詰めなければならないのだから。

「つまり、教授がこの地図をちょうど壁に張り終えたところへきみが訪れ、『無田』の文字を目に留めた。そして教授を殺害したあと、ボタン回収のため二度目に現場に向かうタクシー内で、うっかりその地名を行き先として告げてしまった、というわけだ。——これ以上すんなりと、きみが運転手に『ナシダ』と言った理由を説明する方法はないと思うが、どうかな。もしあるなら、ぜひ聞かせてほしい」

もう何も言葉は出てこなかった。立っているのがやっとだ。

「ちょっと調べさせてもらったけれど、きみが教授を殺してしまった理由も、間違いを複製したことにあったようだね」

ふいに涙が出てきたのは、自分に単位を出さなかった教授の真意に思いが至ったせいかもしれない。

「妄信は命取りということです」

これは、いつの間にかすぐそばに立っていた風間の声だった。

視界は涙で曇っていたが、いまの言葉に、なぜか下津木の表情がさらに厳しくなったのがよく分かった。

第三話　橋上の残影

1

啜《すす》り泣くような雨音は、いつの間にか聞こえなくなっていた。

篠木《しのき》瑶子《ようこ》は、薄く埃《ほこり》の積もったブラインドを押し下げた。ガラス窓越しに、午前一時の空模様を窺《うかが》う。

完全に止《や》んだわけではないようだ。雨は霧状の水滴に姿を変え、まだ地面を濡《ぬ》らし続けている。

瑶子は窓際から離れ、居間のテーブルに準備してあったフード付きのレインコートを着込んだ。素材は、防水透湿のゴアテックス。色は黒褐色だ。

本番前に、最後の予行演習をしておくことにした。

自宅廊下の中央には、数日前から人形を立たせたままにしてある。十字架の形に組んだ角材に、男ものの衣服を引っ掛けただけの代物だから、人形よりは案山子《かかし》と表現した方が正確だろう。とはいえ、想像力を働かせさえすれば、こちらに向かって歩いてくる一人の人間として見ることは十分に可能だ。

ついでにもっとイメージを膨らませ、この廊下が歩道橋だと思い込むようにしてから、瑶子は人形に向かって近づいていった。

五歩ほど足を動かせば、もう人形は目の前で、角材の木目がはっきりと見える位置だ。

だが、すんなりすれ違いはしなかった。

その直前で瑶子はふらりと体を傾《かし》がせ、人形に体当たりを食らわせた。

そして素早く離れ、足を止めずにそのまま歩き続ける。

そう、このように、決して振り返ってはいけない。何があってもすぐに立ち去ること――そう自分に言い聞かせながら、レインコートの右ポケットから手鏡を出した。百円ショップで買った、手の平に収まるサイズの小さな鏡だ。

鏡面を覗《のぞ》き込み、人形の姿を確認しながら、廊下の端まで歩を進める。

次に瑶子は、用意しておいた包丁の柄《つか》にタオルを巻いた。

表面に凹凸があり、吸水性も高いパイル生地。滑り止めにはこれが一番だ。

タオルを巻き終えると、包丁をレインコートの左ポケットに入れた。レインコートは、ポケットが深いものを選んで買った。包丁の長さは三十センチほどあるが、すっぽり入る。

包丁に鞘《さや》はつけていない。念入りに研いだ刃は剝《む》き出しのままだ。この刃で突き破られないよう、ポケットの内部には厚手の布を縫いつけてある。

まずはゆっくりと呼吸を繰り返す。

何度目かに息を吸い切った瞬間、利き腕の左手をポケットに入れた。

タオルの感触を確かめ、素早く包丁を取り出す。

さっと前に突き出し、すぐに引っ込める。

そしてポケットにしまう。

一連のアクションを数回繰り返した。左手だけが、意識から切り離されたところで自動的に動いているようだった。これまで何度も練習してきたから、筋肉がすっかり動きを覚えている。

疲れを感じてしまう前に、瑶子は左手の動きを止めた。

そろそろ仕上げに取り掛かった方がいい。

人形にぶつかり立ち去る動きと、包丁の出し入れ。その二つを、一つに組み合わせて練習し始めた。

角材でできた案山子だから、相手はそのまま立っている。しかし本物の人間なら、すぐに膝をついて頽《くずお》れ、苦しみながら絶命するだろう。

瑶子は最後に、包丁を取り出して体当たりを食らわせる直前、人形に向かってこう小さな声をかけてみた。

「加茂田《かもた》さんですね」


家を出たのは午前二時ちょうどだった。

目指す歩道橋まではかなり遠いが、歩いていくことにする。警察のNシステムとやらがいたるところに設置されているご時世だ。犯行に車は使えない。

フードを深く被《かぶ》った。さっきよりも雨足が弱まっているため傘までは要らないが、降っていることに変わりはない。

好都合だ。この天候なら、万が一誰かに姿を見られたところで、レインコートの着用を不審がられずに済む。それにフードのおかげで、こちらの人相は分かりづらい。コートは黒褐色だ。返り血を浴びたとしても目立たないだろう。

人気《ひとけ》の途絶えた歩道をしばらく行ったところで、瑶子は煙草《たばこ》に火を点《つ》けようとした。昨晩から吸いすぎて喉がいがらっぽいものの、少しでも気持ちを落ち着かせるために、もっとニコチンが欲しい。

レインコートの裾から手を入れ、下に着ているスウェットのポケットを探る。そこから、普段使っている小振りなオイルライターとメンソール入りの煙草を取り出した。

一本を指に挟み、その手でフリントホイールを回す。

だが、火は点かなかった。オイルが切れているようだ。

いまいる場所は、ときどき深夜に立ち寄るコンビニから、さほど遠くない位置だ。少し遠回りになるが、店に立ち寄ることにする。

ドアを押して入ると、スタッフが笑いかけてきた。顔に見覚えはあるが、名前までは知らない店員だ。

小さなオイル缶だけを買い求め、すぐに外へ出た。

店内の照明がぎりぎり届く位置のところで、立ったまま缶の中身をライターに詰める。

一服すると、だいぶ気持ちが落ち着いた。

再び歩き出す。車が近くを通るたびに、瑶子は顔を伏せた。いまはほとんどの車がドライブレコーダーを搭載している。不意の映り込みには用心しなければならない。

歩道橋に着いた。下はJRの線路だから、正確には跨線《こせん》歩道橋ということになる。

このころには両目が暗さに順応し切っていた。三か月ほどをかけてじっくりと調査したのだ、この時間は誰も通らないと自信をもって言える。

工場の早番で出勤する加茂田以外は。

ただし、鉄道はその限りではない。貨物列車は二十四時間体制で運行されている。

歩道橋の南側、二百メートルばかり離れたところに駅があった。そこで貨車が一両動いているのが見える。民家の数こそまばらな一帯だが、時間が時間だけに、まったく騒音に留意しないわけにもいかないのだろう。線路上をこちらに近づいてくるが、その速度はかなり遅めだ。

瑶子は、階段を上り切る少し前の位置でしゃがんだ。

身を潜めて待っていたのは、ほんの一分ほどだった。

午前二時四十分。いつもの時間ちょうどに、歩道橋の向こう側に人影が一つ現れた。

男だ。歳《とし》は三十五、六といったところ。Tシャツの上に長袖の上着を引っ掛けている。

街灯の光は弱いが、顔を確認できないほどではない。

加茂田亮《りょう》に間違いなかった。

その加茂田には、いつもと違う点が一つだけあった。女性が持つような小さめのサコッシュを肩から斜めに提げているのだ。いわゆるショルダーバッグで、大きさは葉書程度、厚みも四、五センチぐらいしかない。

おやつ程度の弁当を入れたランチバッグだろう。そう見当をつけ、瑶子も立ち上がり、加茂田の方へ歩き始めた。

歩道橋の幅は二メートル程度だ。

欄干は、腰ぐらいの高さまで鉄板になっていて、明るい水色のペンキで塗装されている。そこから上は縦格子の鉄柵になっていた。トータルの高さは一メートルほどだ。

貨物列車が近づいてくる。電気かディーゼルか。動力の種類までは分からないが、先頭の機関車には運転手が乗っているはずだ。前部のガラス窓から見上げれば、こちらの姿が目に入ってしまうかもしれない。

万が一にでもそんな失敗を犯さないよう、瑶子はできるだけ姿勢を低くした。下から見てこちらが欄干の死角に入っていることを確かめつつ、男に向かって足を進める。

貨物列車の音を計算に入れたうえで、ぎりぎりこちらの声が聞こえるだろう位置で口を開いた。

「加茂田さんですね」

ちょうど加茂田は、サコッシュを左肩から右肩に移し替えるところだった。

彼は歩速を緩めた。顔を上げ、こちらへ向けてきたのは記憶を探る眼差《まなざ》しだ。

——誰だっけ、この女?

あと一、二秒もあれば、加茂田は答えを見つけていたかもしれない。だがその前に、瑶子はレインコートのポケットから包丁を取り出し、歩速を保ったまま、すれ違いざまに加茂田の腹部を刺していた。

通り魔の犯行に見せかけるには、このやり方が最も適当だ。

思ったよりもずっと刺しやすかった。相手はサコッシュを肩から外そうと両手を上げている格好で、胴体がガラ空きになっていたからだ。

しかも加茂田は薄着だった。刃先を邪魔するものは、Tシャツ一枚だけだ。

一度しか刺さなかった。ただし、深く刺した。ありったけの恨みを込めて。

致命傷を与えた、との手応えは十分にあった。小腸のあたりを狙い、斜め上に突き上げ、横隔膜を破ったはずだ。こうなったら呼吸ができない。あと数秒で加茂田は死ぬだろう。

血に染まった包丁を抜き取り、レインコートのポケットにしまった。

そのまま同じ速度で前へ歩き続ける。そのつもりだった。

だが実際には、瑶子はそこで立ち止まった。

いま見たものを脳裏に呼び起こす。

文字盤が六角形の時計。それがたしかに、加茂田の手首に嵌《は》まっていたのを見た。

前を見たまま素早く立ち去る計画だったし、そのように何度も練習してきた。しかし結局、我慢できずに瑶子は背後を振り返った。

相手との距離はわずか一メートルかそこらだ。

いま加茂田は、欄干に手をつこうとしていた。その拍子に、持っていたサコッシュが柵を越えて下の線路に落ちる。

加茂田の足元には大きな血溜《ちだ》まりができていた。どす黒い池に身を沈めるかのように、彼はすとんと尻をつき、上半身を欄干に凭《もた》せ掛けるような姿勢を取った。

瑶子は、右足を血溜まりの中に踏み出した。

そのとき、足元で何かが光ったように思った。

ほぼ同時に、硬いものを踏みつけた感触も覚える。

光を見たのは目の錯覚かもしれなかったが、足の裏に覚えた感触の方は確かだ。パリン。何か硬いものを壊したらしく、そんな音も聞こえた。

足元に視線を向けてみる。しかし光るものはなかった。やはり目の錯覚か。

加茂田に視線を戻した。失神しているのか、あるいはすでに絶命したか、もう動かない。

瑶子は加茂田に向かって屈《かが》み込んだ。むわっと血のにおいが鼻をつく。

加茂田の手首を取り、そこにあるものに目を近づけた。

やはりだ。牧村冬一《まきむらとういち》の作った時計を嵌めている。この特徴的な六角形の文字盤こそ、牧村のトレードマークなのだ。

革製のバンドを外し、腕時計を回収したときには、瑶子はすでに、今回の計画をいくらか変更しなければならないことを悟っていた。

加茂田をこのままにはしておけない。身元を分からなくする必要がある。

まず、血まみれになった衣服に目を凝らした。

着ているものは身元判明の手掛かりになってしまう。Tシャツや上着のタグや模様を始末しておかなければならない。そう考えながら、Tシャツをめくり、肌を露出させてみた。

意外なことに、加茂田は腹部に、白い湿布のようなものを五、六枚ばかり貼っていた。

黒いコードがついているところを見ると、電気を流して使うマッサージ器具だろうか。

もっと調べたところ、ズボンのベルトとは別に、加茂田はもう一つ腰に革帯を巻いていた。その帯には九ボルト電池ほどのバッテリーがついている。黒い線はこのバッテリーに繋《つな》がっていた。

やはりマッサージの器具らしい。

それら一式を皮膚から全部剝がし、レインコートのポケットに突っ込んだ。

ほかにも身元を隠すために必要な措置をし、立ち去ろうとしたが、ふと気になったことがあった。

先ほど加茂田が落としたサコッシュの行方だ。

瑶子は欄干から身を乗り出し、下の線路を覗き込んでみる。

すでに貨物列車は下を通り過ぎ、北の方へと走り去っていた。遠くの街灯が放つわずかな光を頼りに目を凝らしたが、線路上にそれは見当たらない。

まあ、ランチバッグがどこへ行こうと構う必要はないだろう。

欄干から離れた。慌てず、気配を隠すことだけに留意し、歩道橋を降りる。

もと来た道を足早に引き返す途中、目に入った文字があった。

【皆さんからの情報をお待ちしています】

警察の設置した看板が、針金で電柱に括りつけてある。

【平成＊年7月5日午前3時ごろ、この付近で鋭利な凶器による傷害事件が発生しました。当事件について情報をお持ちの方は、警察本部か最寄りの警察署までお知らせください】

通行人が何者かとすれ違った際、いきなり刃物で腹部を刺された。被害者は新聞販売員をしている三十七歳の男性で、どうにか一命を取り留めた。犯人についてはまるで心当たりがないと彼は証言している。

現在県下では、通り魔事件が続発している。同一の人物が連続して犯行を重ねているのではないか。そう警察では見ているようだ。

看板にある日付は、時刻まで含め、ちょうどいまから三か月前ということになる。たったそれだけの期間でも、日々風雨に晒《さら》され続けた看板の文字は、もうだいぶ色褪《いろあ》せてしまっている。

新聞には毎日目を通しているが、この犯人が捕まったという記事を目にした記憶はない。

その看板を過ぎてすぐ、ゴム靴の裏でコツコツと硬い音がしていることに気づいた。いつの間にか、プラスチックかガラスの小さなゴミが、靴のソールに食い込んでいたようだ。

さっき血溜まりの中で踏みつけたものだろう。その破片に違いない。

地面に足を擦りつけ、ソールから引き剝がすと、耳障りな音はしなくなった。

雨はいつの間にか、また強くなっている。先ほどまでは霧のようだったが、いまでは粒の大きさがはっきりと見えていた。この降り方なら、血でついた足跡もすぐに消えてくれるだろう。

2

スマートフォンが着信音を立てたとき、中込兼児《なかごめけんじ》はまだ眠っていた。

《殺しだ。現場はC町の跨線歩道橋》

刑事指導官である風間公親の声にベッドから跳ね起きた。本部近くの官舎から急いでタクシーに乗る。

後部座席で、中込はワイシャツの腹部を鷲摑《わしづか》みにした。胃が痛い。

幸いにも、現場は本部から五キロほどの場所だった。何台もの警察車両を停《と》めるため、道路は片側が塞がれていた。そのため付近では渋滞が発生している。

風間はもう現場に来ていた。彼の下についてからまだ二週間。白髪義眼の異相にまだ慣れず、顔を合わせるたびに軽い怖気《おぞけ》を覚える。

「すみません。遅れました」

風間はまるでこちらの存在を無視するかのように、ぐるりと周囲に視線を走らせ、言った。

「この現場、懐かしい感じがするな……。そうは思わんか」

懐かしい？　はっきりとは意味を摑みかねる言葉だった。その第一声にどう返事をしたものか戸惑っているうち、もう次の質問を投げられていた。

「被害者の身元を特定するには、何が手掛かりになる？」

「……まず顔貌です」

「他には」

「指紋ですね」

「ならば、この場合はどうだ」

風間が遺体の方へ顔を向けた。他の捜査員や検視官の背中で遮られているため様子がよく見えない。中込は人垣の後ろで背伸びをした。

若い男のようだった。顔と指先が焼け爛《ただ》れている。これでは顔貌も指紋も確認できない。衣服もだいぶ炭化していた。

現場に立ち込めている臭いはジッポオイルのものだろう。すると、被害者を焼くために燃料として使われたのはライター用の燃料か。

「……顔も指紋も駄目となると、歯型でしょうか」

「もっとよく見ることだ」

目を凝らしたところ、被害者は口の中まで焼かれているようだった。こうなると歯型から身元を割り出すのも難しそうだ。

「でしたら、所持品から追っていくしかないと思います。――すみません、これを着けてもいいですか」

不織布のマスクを取り出して訊《き》いた。臨場している捜査員たちは九割方、顔の下半分をそれで覆っている。だが風間は着用していなかった。

好きにしろ。そう風間が目で返事をよこしたのを受け、口元を覆った。

真新しい不織布の香りを吸い込んでも、焼けた遺体が放つ臭いは容赦なく鼻腔《びこう》に混じり込んでくる。ただ、胃の痛みは少し和らいだ気がした。

「他にはどんな点が身元割り出しの手掛かりになる？　思いつくものを全部挙げてみろ」

「はい。――あとは着衣や靴。それから、傷痕、入れ墨、そばかす、痣《あざ》、その他の身体的特徴でしょうか」

「いいだろう。身元が特定できたら、次は何をする」

「被害者の住所に出向き、手紙その他の郵便物、電話の通話記録、住所録などの捜査を行ないます。同時に、交友関係と家族関係リストを作成します。完成したら、リストアップされた人物への面接調査をし、その中から被害者を殺す動機、機会、可能性を持たない者を外していきます。こうして、より絞り込んだ容疑者リストを作成したら、アリバイのない容疑者を洗い出し、尾行や監視をつけるようにします」

「きみはなかなか優秀と見えるな」

「恐れ入ります」

「それにしては顔色が悪い」

「胃が痛みまして」

「緊張しすぎだ」

「すみません」

「謝る必要はない。前の教え子にも同じ症状を抱えている者がいた。刑事になりたてのころは皆そういうものだ」

病院が閉まらないうち、今日中に医者へ行き、明日の朝まで休んでいろ。そう風間に命令された。検視官や先輩刑事、鑑識の係員が遺体のそばから離れた後が、新米にとって本格的な研修時間だ。ホトケのそばにもっと近寄れ、と風間が仕草で促す。中込は従った。

「どうやってこの遺体ができあがったか、きみに説明できるか」

「通り魔のしわざですかね。たしか三か月ほど前に、ここのすぐ近くで通行人が腹を刺される事件が起きていたはずです」

記憶に間違いがなければ、そのあたりの電柱に、情報提供を呼び掛ける看板も設置されていたはずだ。

「同じ犯人が、また動き出したのではないでしょうか。三か月前の事件が起きたのも、ちょうど午前三時ごろでした。犯人は何か拘《こだわ》りのようなものを持っていて、同じ時間帯に再度、犯行に手を染めたのかもしれません」

「ありうるな」風間は軽く顎を引くようにして頷《うなず》いた。「それだけか?」

「いいえ。単なる物取りとも考えられます」

「なぜそう思う」

「腕時計をしていませんので」

「なるほど」

「しかし、怨恨の線も捨てきれませんね」

中込は白手袋を嵌めた手で遺体の手を持った。焼けた指には銀色のリングが嵌まったままだ。

「犯人はこれに手をつけていません。この指輪は高いものに見えませんが、質屋に持って行けば、それなりに値はつくでしょう」

「正解だ」

財布も残っていた。カード類はなくなっていたが、現金は取られていなかった、と風間は説明した。

「そうですか。――死因はやはり腹部の傷でしょうか」

「だろうな。きみなら、どんな状況で刺したと考える?」

この質問には、すぐには答えられなかった。

「警察学校からやり直すか」

わずかに冗談めかした口調ではあったが、焦りに拍車をかける言葉に違いはなく、ますます頭が空転する。

「捜査のコツを一つ教えておこう。これは初歩の部類に入るテクニックだが、犯人になったつもりで動きをシミュレートすることだ。できるだけ過去に遡ってな」

「では指導官、相手になってくださいますか」

中込は風間から少し離れた位置に立った。

歩いて近づいていく。

すれ違いざま、刃物を取り出すふりをし、それを風間の腹部に突き立てる演技をした。

そしてそのまま五歩ほど歩いてから後ろを振り返った。

「こんな感じで、さっと刺して立ち去ろうとしたのではないでしょうか。通り魔の犯行に見せかけようとして」

「では、これをどう説明する」

風間は遺体の方へ顔をやった。彼の視線は焼け爛れた顔と指に向けられている。

「ええ。この点が不思議なんです。犯人は当初、刺したらそのまま逃げる予定だった。しかし急に気が変わった。あるいは何らかの事情があって、被害者の身元を分からなくする必要に迫られた……」

「そういうことだな。いくら事前に計画を練り、予行演習を重ねても、実際に犯罪に手を染めれば想定しないことが起きる。そういうものだ」

「ですね」

「では、計画を変更させたのはどんな事情だ」

「そうですね。例えば、すれ違いざまに刺したとき、被害者から衣服を摑まれた。そしてボタンを引き千切られてしまった、といった場合でしょうか」

「それなら、戻ってボタンを回収すれば済むことだな」

風間の言うとおりだ。ボタン程度では身元を分からなくする必然性は説明できていない。

「ほかにはどんな事情が考えられる。すぐに分かりそうか？」

「いいえ、かなり悩むと思います」

「その難問を、これからきみに解明してもらう」

3

窓の外に鳥の囀《さえず》りを聞きながら、瑶子は鏡台の前に座った。

帰宅してからずっと動悸《どうき》が激しく、一時は倒れそうにもなったが、どうにか気を失うことなく、一睡もせず朝を迎えた。

鏡に向かったところ、目の下にたるみができていた。極度に疲れを覚えたときは、いつもこうなる。

手の平で軽く揉《も》むと、少しはましになった。

こんな状態でも、出勤はしなければならない。万が一警察の手が伸びてきた際、少しでも嫌疑が薄れるように、できるだけ普段どおり行動しなければ。

メイクを始める前に、瑶子は、鏡台に置いた冬一の写真に語り掛けた。

「……仇《かたき》は取ったわよ」

同い年だった恋人の牧村冬一は二十九歳で亡くなった。自殺したのだ。

彼はかつて、父親から継いだ小さな時計店を、自宅の一階で営んでいた。その店に泥棒が入ったのは十年前の深夜だった。ショーケースの商品をごっそり盗まれ、商売ができなくなった。修理のために顧客から預かっていたものや、彼が苦労して自作したいくつかの時計も被害に遭った。物音に気づいて二階から降りてきた冬一は、その泥棒と格闘し、目に怪我《けが》を負った。自殺の原因は、この怪我が元で仕事ができなくなり、生きる希望を失ったことにあった。

やがて犯人として逮捕されたのは、加茂田亮という二十代半ばの男だった。

裁判で下った判決は懲役六年。刑期の短さに、瑶子は言葉を失った。

絶句する瞬間はもう一度訪れた。半年前に街で偶然、加茂田を見かけたときだ。裁判を傍聴したから、被告席に座った彼の顔は、何年経《た》とうが目に焼きついたままになっていた。

すぐにあとをつけ、住所を突き止め、彼の生活を調査し始めた。

加茂田は出所後、各地を転々としたすえ、この市内に戻ってきたようだった。前科があるため定職に就けないのだろう。主に日雇いの肉体労働や臨時の工場勤務をしながら、簡易宿泊所で寝泊まりしていた。

たまにパチンコで大金を手にし、一時的に羽振りがよくなることもあったが、基本的には金欠状態の生活を送っていた。

そして家族はなし。

彼を殺したかったが、ネックがあった。

怨恨を動機とした殺人だと分かってしまえば、自分が容疑者リストに加わるのは間違いない。

動機をカモフラージュするには、身元が不明になるよう死体を損壊すればいいが、そうなると大仕事だ。犯罪の素人が下手な偽装工作をしたところで、かえって多くの手掛かりを残し、ボロを出す羽目になる。

そんなときだ。加茂田の通勤ルート近くで、三か月前の深夜に通り魔事件が起きていることに気づいたのは。しかも犯人はまだ捕まっていない。

ならば、同じ日のだいたい同じ時刻に、手口を真似《まね》て殺せばいいのではないか。そうすれば、警察の捜査を「通り魔再始動」の線に誘導できるはずだ。

そう考えて、腹を深く刺したあとは、現場からすぐに立ち去ると決めていた。だが——。

瑶子は、四時間ほど前に加茂田の手首から奪い返した六角形の腕時計を手にし、それを裏返した。

【FROM TOICHI TO YOKO】——【冬一から瑶子へ】。

裏蓋に刻まれた文字を十年ぶりに目にし、また視界が涙で薄く曇った。

これは【FROM YOKO TO TOICHI】——【瑶子から冬一へ】——と刻まれたもう一つと一緒に、ペアウォッチとして冬一が作った時計だ。

涙を拭いてから、瑶子は腕時計を自分の手首に巻いてみた。

【冬一から瑶子へ】。この時計は、本当なら冬一の手によって、こうして着けてもらうはずだったのだ。店に保管してあったところを二つとも加茂田に盗まれることさえなければ。

それにしても、あの男がこの時計を嵌めていたのは予想外だった。やはり、いくら念入りに事前の準備をしても、いざ実行となれば、どうしても不測の事態に見舞われるものだ。

加茂田の逮捕が早かったため、盗まれた商品の多くは戻ってきたが、全部ではなかった。特に金になると踏んだものについては、加茂田は出所後に換金するため、自分だけが知る場所にこっそりと保管していたのだろう。厳しく取り調べられても、頑として隠し場所を吐かなかった。

そのような経緯は頭に入っていたはずなのに、盗んだ品物を加茂田がいまだに持っている可能性を見落としていたとは、迂闊《うかつ》としか言いようがない。経済的に困窮しているあいつなら、とっくに全て換金しているはずだ――そんな先入観にすっかり囚《とら》われてしまっていたせいだ。

もしかしたら、加茂田はまだ自分の宿に、冬一から盗んだ品物を置いているかもしれない。すると、そこから警察の捜査が自分に伸びることも考えられた。

特に、自分の名前が刻まれた商品――ペアの片割れである【瑶子から冬一へ】の腕時計が見つかったら厄介だ。

そこで考えたのが、顔と指紋、そして衣服を焼いてしまうことだった。

被害者の身元を不明にする。

予想外の事態に直面し、パニックに陥りながらも、それが最善の策だと判断した。

ライターオイルを持っていた偶然は、天に感謝してもしきれないほどだ。あれがなければ遺体に火を放つことができず、顔や指紋、歯型を潰すのに相当な苦労を強いられていたに違いない。衣服の始末にもかなり手間取ったことだろう。

火を点けても、加茂田は身動き一つしなかったから、すでに絶命しているのだと知れた。

彼の体から引き剝がしたマッサージ器具らしきものは、レインコートと一緒に丸めてゴミに出した。今日がちょうど収集日だから、いまごろはパッカー車で焼却場に運ばれていく途中だろう。

瑶子は取り戻した時計を、鏡台の抽斗《ひきだし》にしまい、鏡に向き直った。

疲れと睡眠不足が同僚たちの目にバレないよう、今日は特に念を入れてメイクをしなければならない。

4

「胃ですね。でなければ十二指腸。どっちかに潰瘍ができているかもしれません」

触診しながら医師が口にした言葉は、自分の見立てと一致していた。

「とりあえず明日、内視鏡で胃を見てみましょう。朝の食事を抜いて、また来てもらえますか」

中込はできるかぎり渋い顔を作った。「日中は忙しいんですが」

「じゃあ、診療時間が終わるぐらいに来てもらってもけっこうですよ」

【昼間に来院できない方のために、夕方からも内視鏡検査を受けつけております】

そんな案内ポスターが、診察室には貼られている。

「内視鏡って、要するに胃カメラですよね。あれ、すごく苦手なんですけど……」

「じゃあバリウムにしときますか」

「そっちの方がいいです」

「でも、あまりお勧めできませんね。バリウムは、言ってみれば白黒写真です。対して胃カメラはカラーだ。どっちがより正確に検査できるかは、比較するまでもないでしょ?」

「確かにそうですね。——ところで、いまどきはカプセル内視鏡というものがあると聞きますが」

小型カメラを内蔵したカプセルを飲むと、消化器内部の映像データが携帯しているレコーダーに送られる、という仕組みのやつだ。

「あれをやっていただくわけにはいきませんか」

「カプセル内視鏡は小腸を診るのに使うんですよ。胃にも十二指腸にも使えません」

それは知らなかった。

「で、口からにしますか。鼻からにしますか」

「鼻の方が楽なんですよね」

「どっちでもあまり変わりませんよ。かえって苦しいという人もいるぐらいです」

結局、翌日の夕方に胃カメラを口から飲むことにし、その日は痛み止めの薬だけを処方してもらってから、本部の隣に建つ官舎に戻った。


翌日から風間と一緒に、歩道橋で死んでいた男の身元を割り出す仕事に当たった。

「何はともあれ、被害者をよく観察することだ。とりわけ本人の体つきや持ち物など、最低限のものからさまざまな特徴を見つけ出さなければならない」

そう言って、風間は指を二本立てて見せた。

「昔の掏摸《すり》には、練習を重ねるあまり、指が変形してしまった常習者もいた。こういう特徴があれば、たやすく個人が特定できる」

刑事になりたてのころ警察学校で受けた講習では、人工関節から身元を割り出した例があると教えられたものだ。

鑑識係が撮った写真を使い、被害者の体をつぶさに調べてみた。しかし、目ぼしい情報は得られていない。

その日には被害者の司法解剖が行なわれたが、腸内にわずかな糜爛《びらん》が見られただけで、やはり身元の特定につながる所見はなかった。

「こうなったら、服装や持ち物のセンに食らいつくしかないと思います。幸い、被害者が着ていた長袖の上着は背中の部分が焼け残っていました。これを手掛かりにすれば、生前の行動を追うことができるのではないでしょうか」

風間の同意を得て、中込は現場周辺の防犯カメラを片っ端から調べ始めた。

一つの映像を発見したのは、その翌日になってからだった。スーパーの店先に設置されたカメラが撮ったものだ。同じ長袖の上着を羽織った人物が、自販機横のベンチに座り、ジュースを飲みながら煙草を吸っている映像だった。

画質と角度が悪くて顔は確認できないが、服は間違いなく被害者と同じものだ。背格好も合致している。

「中込」風間はモニターを睨《にら》みつつ腕を組んだ。「この映像から何か気づかないか」

「……いいえ」

「よく見てみろ」

生前の被害者は、ベンチの座面に煙草の箱を置いていた。貧乏ゆすりをする癖があるらしく、足を小刻みに動かしているせいで、太腿《ふともも》がときどきその箱に触れている。

そのたびに箱の向きが傾くのだが、被害者はそれをいちいち気にして、自分の足と箱とがきっちり平行になるように手で直しているのだ。

「妙な癖ですね」

「こういう癖を持っているのはどんな種類の人物だ」

「そうですね……」

中込は手元に目をやった。机の上に置かれた映像再生装置のリモコンが斜めを向いている。そのリモコンが、机の辺とぴっちり平行になるよう、向きを直してから答えた。

「わたしのような人物です」

つまり警察学校で厳しい規律にさらされてきた若手という意味だ。警察学校——そこは、畳んだ毛布の角がわずかにずれていてもペナルティを課せられる世界だ。物の置き方には、自然と神経質にならざるをえなくなる。卒業後にスーパーに立ち寄った際、棚の商品の陳列に乱れがあると、どうしても気になり、買い物カゴを片手に、つい直してしまった記憶が思い出された。

風間はふっと笑った。「そうだな。だが、他にもいるぞ」

「もしかして、服役していた者、ですか」

「正解だ」

刑務所では、私物の管理がしっかりしていないと刑務官から懲罰を食らってしまう。だから物の置き方には異常なまでに正確さを期するようになる。そんな話も、たしかにどこかで何度か耳にしたことがある。

被害者はかつて刑務所にいた——これは大きな手掛かりだったが、その後の捜査は意外なほど進展しなかった。

「被害者の身元を、被害者本人から辿《たど》れなければどうする」

「……手詰まりです」

「事件の関係者は被害者一人だけだと思っているのか」

「いいえ。もちろん加害者――犯人がいます」

「ならば、そっちから辿ればいいだろう。違うか？」

「お言葉ですが、指導官、それができたら苦労はしません」

「いや、その方がかえって簡単な場合もある」

それに続く言葉を中込は待った。しかし風間はもう口を開くつもりはないようだった。


薬で胃の疼《うず》きは一応治まったが、まだまだ眠れそうになかった。

現場に臨場したとき、風間に与えられた課題が難しすぎる。

どうして犯人は急に被害者の身元を隠す必要に迫られたのか。

刺したあとで、慌てて思い直したのだ。被害者が誰なのかすぐに分かってはまずい、と。そんな事態が起こりうるのは、どんな場合だ……。

この点は、もちろん捜査会議でも議論になったが、まだ明確な答えが出ていない。上司や先輩刑事が額を集めてもはっきりしない問題を、新米の自分に解き明かせるとは思えない。

中込はベッドから立ち上がった。犯人になったつもりで何度も動きをシミュレートしてみよう、と思ったからだ。

丸めた毛布と枕を遺体に見立て、それを刺し、いったん立ち去り、戻ってから火を点けるという動きを繰り返した。

そのせいで疲れ果て、再びベッドに倒れ込んだ。

――風間道場か。

刑事を拝命したばかりの実績ゼロに等しい新米に、捜査の最も重要な部分を担当させる。常識で考えたら信じられないほど無茶苦茶なシステムだ。当然、その成果を疑問視する向きが組織内にあってしかるべきだろう。

ところが、そうした不満の声は一つも耳にしたことはない。それはもちろん道場主が県警内で一目も二目も置かれる特別な存在だからだ……。

眠気と闘っているうちに、思い出したことがあった。

犯人になったつもりで動きをシミュレートする。それは分かったが、風間はこうもつけ足したはずだ。

——できるだけ過去に遡ってな。

だったら、犯人が自分のヤサにいるところから想像してみたらどうだろう。

凶器の刃物を準備する。火を放つための燃料も。

そして外に出る……。

ここで中込は上半身を起こした。自分がとんだ見落としをしていたことに気づいたからだ。

もう深夜だったが、遠慮なく風間に電話を入れる。

《何か摑んだようだな》

「はい。店を回りましょう。ライターオイルを売っている店を」

翌朝から事件現場の半径数キロメートルで、ライターオイルを扱っている店に刑事たちが散らばった。

人海戦術での捜査で、事件のあった十月五日の未明、それを買った人物が浮かび上がった。コンビニの店員が覚えていたし、防犯カメラにも顔が映っていた。

篠木瑶子。三十九歳。独身。市内の建設会社で経理事務を担当している。

勤務態度に問題はなし。仕事関係で怨恨を持つ相手はないようだ。

さらに調べると、十年前に交際していた恋人を自殺で亡くしていることが判明した。窃盗被害によって、営んでいた店の経営が行き詰まったこと。事件の際に目を怪我したこと。この二点が自死の原因らしい。

その窃盗犯はすでに捕まり、服役も終えている。

名前は加茂田亮。逮捕当時二十六歳。

篠木瑶子の過去を洗えるだけ洗ったが、恨みを持つ相手としては、この加茂田以外には存在しないようだった。

中込は交通課を通し、運転免許証に使われている瑶子の顔写真を入手した。

5

事件の三日後には、被害者が加茂田亮だと正式に判明した。

裏付けになったのは、彼が服役していた刑務所に残っていた身分帳だった。身分帳には顔写真、生年月日、住所、家族関係、身体的特徴、犯行内容から裁判経過まで、その受刑者に関する一切のデータが記されている。

身体的特徴の欄には、顔以外の位置にある黒子《ほくろ》についても詳しく記録されており、これが身元確定の最終的な決め手になった。

加茂田は出所後、主に日雇いの労働者として生計を立てていたようだ。事件発生時は、缶詰工場で早番の検品作業に従事していたらしい。

住まいは一泊二千円ほどの簡易宿泊所だ。その部屋を一通り調べてから、中込は風間と一緒に、勤務先の工場へ聞き込みに行った。

応対したのは五十代と見える赤ら顔の男だった。「第一級品質管理主任」。受け取った名刺の端は折れ曲がっていたが、印刷されている肩書はなかなか立派だ。

「加茂田ですか……」

主任は面倒くさそうな手つきで首筋を掻《か》いた。自分の部下が殺人事件の被害者になったと知らされても、特に悲しむふうでもない。むしろ、どこか安心した様子だ。その言葉が適当でないなら、納得したふうと言い換えてもいい。なぜ加茂田が急に無断欠勤をするようになったのか、その理由が分かったせいだろう。

「あいつ、ここ数日は元気がない様子でしたよ」

「と言いますと」

「このところはずっと、肩を落として猫背になって歩いていましたからね。顔も青かったし」

ギャンブルで負けて素寒貧《すかんぴん》になっていたせいでしょうね。そう主任は言い添えた。

「勤務態度はどうでした？」

「わたしが見たところは、それほど悪くはありませんでした。でも、遠からずクビになっていたと思いますよ」

「どうしてです？」

「あいつがこれを」

主任は、そばにあった十三インチ型のノートパソコンを手にし、それを作業服の裾から中に入れ、腹に抱き抱えるようにした。

「こうしている場面を見た社員がいましてね」

「つまり盗もうとした、ということですか」

「それ以外に、どんな解釈が成り立ちます？　まあ、途中で気が変わったらしく、幸い」

主任はノートパソコンを外に出し、その表面を大事そうに撫《な》でた。

「いまもこのとおり、ここにありますがね」

「ほかには何か気になった点は？」

「別にないな。強いて言えば……ちょっと、こっちに来てください」

主任の背中を追って工場の裏手から外へ出ると、塀の近くに野良猫が三匹ほど寝そべっていた。

「あいつら、追っ払っても追っ払っても集まってきて、ここを便所代わりにするんで、困っているんです」

「あの猫がどうかしましたか」

「加茂田のやつは、けっこう猫好きでしてね。以前は休憩時間に自分の食べ残しをやる程度だったんですが、最近は頻繁に抱っこをしていましたね」

「抱っこ？　あの猫たちをですか……。それはなぜでしょう」

「さあね。動物を可愛《かわい》がるとギャンブル運が上昇するとでも思ったんじゃないですか。まあ、わたしの勝手な想像ですけどね」

「ギャンブルは、どんなことをしていましたか」

「主にパチンコですね。——そう言えば、加茂田と同じ店に通っている奴《やつ》が言ってましたよ」

「どんなことをです？」

「あいつが大当たりを出したって」

聞けば、それは殺される前の日のことだった。

「加茂田さんの口から、篠木瑶子という名前が出たことはありませんでしたか」

「シノキ、ヨウコ……？　いや、ありませんね」

主任は首を横に振ったが、瑶子の顔写真を従業員たちに見せて回ったところ、この近辺で見かけたことがあると証言した者がいたため、容疑は深まった。


その日のうちに、中込は風間と一緒に、篠木瑶子の家を訪問してみた。

瑶子は疲れた顔をしていた。一応の化粧はしているようだが、後ろでまとめた頭髪には白髪が散見された。

「歩道橋の殺人事件については、すでに新聞やテレビのニュースでお聞きですよね」中込は強い口調で切り出した。「被害者は加茂田亮さんです。あなたならご存じのはずですが」

「まあ、知らないわけではありませんん」

瑶子はそんな言い方で肯定した。

「十月五日の未明は、どこで何をされていましたか」

「家で寝ていました」

「証明できますか」

「その必要があるんですか」

外見からして、瑶子は手強《てごわ》い相手には見えなかった。アリバイを突っつくだけで、あっさり自白するだろう。そうどこかで予想していた。だから、これは意表をつく返事だった。

「たしか、日本の司法には無罪の推定という大前提があったはずです。刑事裁判においては、犯罪行為があったと証明するのは訴追側、つまりあなたがた警察と検察の方でしょう。わたしのような被疑者には、アリバイを証明する必要などないはずですよ。違いますか」

たしかにそのとおりなのだ。

黙って引き下がるしかなかった。

覆面パトカーに戻った。助手席に座った風間は涼しい顔をしているが、中込はショックを受けていた。

「篠木とのやりとりを、すぐに報告書にまとめてくれ」

そう言って風間は、後部座席に置いてあるバッグに視線をやった。バッグの中身はノートパソコンで、これは県警の備品だ。

「いますぐ？　ここで、という意味ですか」

「そうだ」

中込は運転席に座ったままノートパソコンの電源ボタンを押した。

「篠木について、きみの心証は？」

「クロですね」キーを叩《たた》きながらの返事に、迷いは一切なかった。

「こうなると頼みの綱は何だ」

「やはり何としても、第三者の目撃証言を得るしかない、と思います……」

しかしすでに徹底的な聞き込みをやったのだ。もう有力な証言は得られそうもない。だから語尾は口調が弱くなった。

「そう落ち込むな。きみは初めての仕事で一応の手柄は立てたんだ」

――手柄か……。

犯人は被害者を刺してすぐに逃げるつもりだった。

ならば必要なのは刃物だけ、ということになる。火を点けた行為は、犯人にとっても想定外だったのだ。

では、どうして燃料まで所持していたのか。

それは犯行の直前、現場へ向かおうとするまさにその途中で、たまたまどこかの店で買ったからではないのか。

だとするなら、店員が覚えていたり、店の防犯カメラに姿が映っているかもしれない。

この推理ができたのは、たしかに手柄と言ってもいいだろう。だが、犯人を逮捕できなければ意味がないのだ。

「もう一回、きみに基本的な質問をしよう」風間は腕を組み、目を閉じた。「被疑者にアリバイはない。しかし目撃証言は得られていない。となると、逮捕するにはあとは何が必要だ？」

「そうなったら、もう本人の自白以外にないでしょうね」

「では、どうやって吐かせる」

「もう絶対に逃げられない、と自覚させるしかありません」

「どうやって」

同じ質問を間髪容れずに繰り返され、中込は言葉に詰まった。

「モノを突きつけることだよ。絶対の決め手は常に物証だ。——それを上着の内側に入れてみてくれないか」

そう言って風間が指さしたのは、こちらが膝に置いているノートパソコンだった。

戸惑いながらも、中込は言われたとおりにした。

「感じたことを言葉にしてみろ」

「重たいです」

「他には」

「……温かいですね」

わずか十分ほどの使用だが、ノートパソコンのバッテリーはすでに熱を帯びている。

「本部に戻ろう」

「はい」

中込はノートパソコンをバッグに戻し、車をスタートさせた。

「きみは、猫を抱いたらどう感じる」

風間の質問に、中込はハンドルを強く握り直した。ハッと気づいたことがあったからだ。

「あれも――温かいですね」

答えながら思い出したのは司法解剖の結果だった。たしか加茂田の腸内には糜爛が認められたはずだ。

「何か分かったようだな」

「ええ。もしかしたら加茂田は、腹痛を抱えていたのではないでしょうか。そこで、少しでも痛みを和らげるため、仕事の合間に腹を温めようとしていたのではありませんか？」

この解釈ならば、「青い顔で猫背になって歩いていた」という主任の証言も頷ける。腹が痛いとき、人は顔色が悪くなるし、自然と「く」の字の姿勢になるものだ。

「そう。パソコンのバッテリーや猫の体。痛みを紛らわせるために加茂田が使ったのは、そんな間に合わせの熱源でしかなかった。――これはつまり何を意味している？」

「医者には行かなかった。いや、行けなかった、ということでしょうね。彼はかなりの金欠だったようですから」

車は繁華街に入った。赤信号だったため、中込はブレーキを踏んだ。

「そのとおりだ。しかし殺される前の日に、ある出来事が加茂田の身に起きた。それは何だ？」

質問の声こそこちらに投げられたものだが、風間の視線はサイドウインドウの外に向けられていた。

中込もその視線を追った。

窓の外ではパチンコ店のネオンが光っていた。

6

中込は再び事件現場の跨線橋に立った。

まだ消毒液のにおいが鼻に残っている。昨日瑶子の家を出たあと、今日の昼過ぎまで、ひたすら近辺の病院やクリニックで聞き込みを続けたせいだ。

その結果、加茂田がある内科医院で小腸の検査を受けていたことが判明した。これは大きな収穫だった。

橋の上から線路を見下ろしながら、中込は隣に立つ風間の方へわずかに体を寄せた。

「やっと分かりましたよ」

「何がだ」

「指導官は最初におっしゃいましたね。『この現場、懐かしい感じがするな』と。そのお言葉の意味がです」

すぐ下は線路。近くには駅舎に操車場。なるほど、言われてみれば「いかにも」なロケーションだ。

小学生のころ、推理もののクイズ本で、こんな話を読んだことがある。

線路沿いの場所に他殺死体が転がっていた。警察が捜査した結果、その現場から百キロメートルも離れた場所に住む人物が、有力な容疑者として浮かぶ。

だがさらに調べてみると、その容疑者にはアリバイがあった。死体を運んだ共犯者もいなかったため、警察はこの人物をシロとせざるをえなかった。事件は迷宮入りかと思われた。ところが……という内容だ。

こんな事件の場合、たいてい殺害場所は跨線橋なのだ。犯人は被害者を殺したあと、遺体を橋の上から落とし、列車の屋根に載せる。そして死体は、百キロ先の急カーブで、遠心力によって屋根から振り落とされた、というのが真相だ。

「跨線橋から落ちた死体が列車で遠くへ運ばれる。そういうのは昔、よく子供向けの推理小説で読みました。たしかに懐かしいと思います。——ですが、そんなフィクションじみた出来事が現実に起こりますかね」

「知らないのか」

「何をでしょうか」

「橋の上から飛び降り自殺した者がいて、その遺体が列車の屋根に載ったまま名古屋から大阪まで運ばれた事件だ」

「名古屋から大阪までですか。何キロあるんでしょうか」

「約百七十キロだな。——さて、行こうか」

風間と一緒に歩道橋を降り、そこから向かった先は駅の事務室だった。

貨物列車の運行を担当しているスタッフには、もちろんアポを取ってある。

その係員に連れられて線路沿いを歩いた。

ここは旅客の乗りかえだけでなく、貨物の受け渡し駅としての役割も担っている場所だ。旅客ホームの北側には、何本もの留置線が並んでいて、ディーゼル機関車に引かれた貨物列車が頻繁に発着している。

「十月五日の未明ですと、跨線橋の下を通過したのは、この列車ですね」

係員が手で示した列車は、ホームに近い位置に停車しているコンテナ貨物だった。

十月五日にこの貨車に搭載されていたコンテナ部分は取り外され、いまごろはどこか別の場所にあるらしい。事件当時から変わらない車両は先頭のディーゼル機関車だけだという。

「では、屋根を調べてきますんで、ちょっと待っていてもらえますか」

「どうかお願いします」

係員が車両側面に設置された梯子《はしご》を昇り始めた。

いま捜しているものがこの車両の屋根に載っていなければ、コンテナの行方を一つ一つ追いかける地道な作業をする羽目になってしまう。

——あってくれよ。

中込は祈る気持ちで、機関車の屋根に上っていく係員の背中を追い続けた。

7

勤務中に、あの中込という若い刑事から電話があった。
《今晩お仕事が終わったあと、少しだけ時間をいただけませんか》
「捜査に協力したいのはやまやまです。とはいえ、わたしの方も何かと忙しいんですが」
《これで終わりにします。今晩おつき合いいただけたら、もう二度とあなたの前に姿を現しません》

「そうまでおっしゃるのなら、いいでしょう」

警察の捜査がどこまで進んでいるのか。その点を探っておきたいとも思い、結局了承した。

《よかった。では、目撃者を連れて行きます》

――え？

こちらが何か言う前に、電話は切れていた。

仕事は午後七時に終わった。中込から電話を受けたあと、まるで仕事が手につかなかった。

社屋を出ると、駐車場で中込と風間が待っていた。他には誰もいない。

心底ほっとした。目撃者を連れて行く――やはりあれは中込のハッタリだったようだ。

ただ、白髪で片目が義眼――風間というこの寡黙な男からは、今日もそら恐ろしいものが感じられてならない。

中込は手にポーチのようなものを持っていた。

さらに近づいて目を凝らしたところ、それは見覚えのあるサコッシュだった。あのとき加茂田が肩から斜めに提げていたランチバッグに違いない。

「これが何だかご存じですか」

「知りません」

とぼけてみたが、中込は表情を一切変えなかった。

「これは事件当時、被害者の加茂田さんが持っていたものです」

いやあ。ここで中込はわざとらしく頭を掻いてみせた。

「探すのにかなり苦労しましたよ。現場に残っていなければならないはずなのに、どうしても見つからなかったので」

　中込はサコッシュをさも大事そうに撫でた。

「結局、どこにあったと思いますか。貨物列車の機関車ですよ。その屋根に載っていたんです」

　たしかに加茂田を刺したとき、ちょうど貨物列車が歩道橋の下を通過していった。その様子を思い出したせいで、耳元にレールの軋《きし》む重い音がよみがえる。

「その列車は事件後、相当な距離を走っていましたが、幸い屋根にサコッシュを載せたままにしていました。もしどこかの線路上に振り落としでもしていたら、まず見つけることはできなかったでしょうね」

　そんな御託を並べてから、中込はサコッシュを軽く指先で叩いた。

「この中で、待ってもらっています」

「……それは、どういう意味ですか」

「ですから目撃者に待ってもらっているんですよ。昼間の電話でお伝えしたでしょう、それを連れて行くと」

　それ。目撃者をそんな指示代名詞で表現した中込に向かって、瑶子は鼻で笑った。

「何を馬鹿げたことを言ってるんです。それはランチバッグでしょう。中に入っているのはおにぎりとかサンドイッチの類じゃないんですか」

「なるほど、ランチバッグとは気づかなかった」中込は目の高さにサコッシュを掲げ、しげしげといった様子で眺める。「なるほど似ていますね。でも違います」

「だったら何なんです」

「あなたは、加茂田さんが腹痛を抱えていたことを知っていますか」

質問を無視されて不愉快な気分になったが、感情を押し殺し、瑶子は静かに首を振った。加茂田についてはいろいろ調べたつもりだが、そこまでは把握していない。

「医者にかかる金銭的な余裕がないため、彼はしばらく痛みを我慢していました。でも殺される前の日に、その苦しみから解放されたんです」

「……どうしてですか」

「パチンコで大当たりしたからです。それで金の余裕ができたため、彼は夕方、病院に行きました。いまどきは多くの医療施設が、日中働いている人のために遅い時間からでも検査を受け付けているようですね。――では、そろそろ目撃者に登場してもらいましょう」

中込はサコッシュのフラップに手をかけた。彼の手がそれを開ける際に、べりべりと安っぽい音がしたところを見ると、マジックテープ式になっているようだ。

出てきたのは、たしかに弁当ではなかった。

これは……何だろう。液晶画面がついた小さな装置だ。何かのレコーダーらしい。スマホよりややサイズが大きく厚みもある。

中込の指が装置のスイッチを入れると、液晶画面に映像が現れた。

洞窟の中を撮影したものだろうか。ただし、四方の壁面は赤味を帯びている。

と、いきなりぐらぐらと画面が揺れ、暗転した。

次の瞬間、瑶子は全身から血の気が引くのを感じていた。

暗転したあとの画面は、どこかの場所をローアングルでとらえたものだった。

さっきはクリアだったが、いまは濁った水滴のようなものがレンズについている。そのせいで、画面が少しぼやけていた。

とはいえ何が映っているのかは、はっきりと確認できる。

それは、レインコートを着た人間の姿だった。

顔は間違いなく瑶子自身のものだ。

画面の中で、瑶子は右足を上げた。そして次の瞬間、映像が途切れた。その足が、この映像を撮影している装置を踏みつぶしたからだとすぐに理解できた。

「そうです。加茂田さんは、殺されたとき、カメラを飲み込んだ状態だったんです。カプセル内視鏡を」

瑶子の脳裏に白い湿布のようなものが幾つか浮かんだ。加茂田が体に貼っていたもの。あれはマッサージ器具ではなく、内視鏡用のセンサーだったということか。

「そのカプセルが、刺された拍子に腸内から外へ転げ落ちたんです」

現場で何やら光るものを踏みつけた。その記憶もありありと蘇《よみがえ》る。

言い逃れの台詞《せりふ》を見つけようとしたが、すでに脳内は空白に近かった。

「カプセルの方は、あなたに踏みつぶされてしまった。しかしその直前に、こうしてしっかりと目撃してくれたわけです。犯人の姿を」

頭にあった血液が一瞬にして足元の方へ逃げていったように思った。そのせいで、いままで聞こえていたあらゆる音が、急にどこかへ遠ざかっていったような気がした。

――いくら念入りに準備しても、予想外のハプニングはつきものなんです。犯罪の現場では。

中込がそんな言葉を付け足したようだった。犯行のあと、帰宅してから自分もまったく同じことを思ったものだ。だからこれは中込の台詞ではなく、我が身が内心で発した声かもしれなかった。刺したら振り返らずに立ち去る。そう肝に銘じていたはずなのに、あの腕時計が目に入った途端に我を忘れてしまった。下手な隠蔽工作に走った自分を滑稽に思いつつ、瑶子は少しずつ体が冷えていくのを感じていた。

足に力が入らない。

視界も急激に暗くなっていく。だが、

「どうぞ」

短い言葉と一緒に風間が車の後部ドアを開けたことだけは、かろうじて目の端で捉えることができた。

第四話　孤独の胎衣《えな》

1

「あとちょっとだけ待っててね。もうすぐ逢《あ》えるから」

診察を終え、会計も済ませたあと、クリニックの玄関でブーツを履きながら、萱場千寿留《かやばちずる》は、自分の腹部に向かって小さく声をかけた。

妊娠九か月を過ぎれば胎児は母親の声を聞くことができる、と何かの本に書いてあった。その記述に間違いはなかったらしく、声に反応してか胎児がかすかに動く。

——いよいよか。

予定日は一月二十五日です。そう以前から医師に告げられていた。一般的に、最後の生理が始まった日から二百八十日目を出産予定日とするらしい。その計算法にしたがって数えてみると、自分の場合、たしかに一月二十五日——いまから五日後となる。

おや、と思ったのは、今日最後の患者として「マタニティクリニックすこやか」の建物を出た直後だった。

駐車場の患者用スペースには、まだ車が一台停《と》まっていた。パールホワイトのセダンでノーズ部分が長い。その色と形状には、ぼんやりと見覚えがあった。

不審な気がしたものの、車が停まっている場所は門の近くだ。帰宅するには、そちらへ近づいていくしかない。

千寿留が歩を進めると、車のドアが開き、運転席から降りてきた男がいた。

「よう、千寿留ちゃん。久しぶり」

男は手を上げて近づいてきた。黒革のコートを着ている。背はそれほど高くないが、ゆったりとした歩き方はいかにも自信に溢《あふ》れていた。

濃い眉毛に薄く生やした口髭《くちひげ》——男の顔を見て驚いた。浦真幹夫《うらまみきお》だったからだ。

拍動が激しくなった。落ち着けと言い聞かせる。

——精神的なショックで急に産気づくことがよくありますから、とにかく気持ちを平静に保つようにしてください。

いま医師からそう言われたばかりなのだ。

「浦真さん……。いつイタリアから帰って来たんですか」

「去年の暮れだよ」浦真は車の方へ顎をしゃくった。「乗らないか。送っていくけど?」

「いいえ、大丈夫です。歩いて帰りますから」

「駄目だよ。暗くなってから女性が一人で歩いていたら危ないだろ。日本に戻ってまずぼくが驚いたのは何だと思う?」

「……さあ」

「いまこの県内で通り魔が跋扈《ばっこ》しているってニュースだよ。すれ違いざまに、前触れもなくアイスピックだか千枚通しだかをズブっと刺してくるってやつ。昨晩は二十九歳の女性が狙われたらしいね。まあ、怪我をしたのは二の腕で、命に関わるような傷でなかったのは幸いだけど。とにかく、これで被害者はもう四人目だっていうじゃないか。まったく恐ろしいやつがいたもんだ。そいつにきみが狙われでもしたら大変だ。それに第一」

浦真は踵《きびす》を返した。車の方へ戻り、助手席側のドアを開ける。

「こんな冬場に外にいたら体が冷えちゃうだろ。赤ちゃんに影響したらどうする。さあ、早く乗りなって」

そう言われては頷《うなず》くしかない。気が進まなかったものの、千寿留は助手席に座った。

ドアを閉めた浦真は運転席側に回り込み、自らも車に乗った。そしてエンジンをスタートさせながら視線をこちらの頭髪に向けてきた。

「ショートにしたんだね。似合うよ」

千寿留が髪をばっさりと切ったのはつい先週だった。子育てをする際、少しでも邪魔にならないように、と考えてのことだ。

浦真の視線が、千寿留の腹部へと移った。

「堕《お》ろさなかったんだな、結局」

「……はい」

浦真は何か呟《つぶや》いた。聞き間違いでなければ、その言葉はこうだ。

――よかった。

千寿留は半ば無意識のうちに、首から外したマフラーを使い、膨らんだ腹部を隠していた。

車がクリニックの門を出る。わたしがここにいることが、どうして浦真には分かったのだろう……。考えるまでもなかった。尾行されていたに違いない。

午後まで降っていた小雪のせいで、路面は濡《ぬ》れていた。クリニックを出た車は幹線道路に入り、いくらも走らないうちに最初の交差点へと差し掛かる。

「きみのアパートはここを左だったよね」

そう言いながらも、浦真は交差点を直進した。

「あの……どこへ向かっているんですか」

「ぼくの家さ。きみに聞いてほしい話があってね」

「どんな話ですか」

「車の中では言いづらいな。けっこう大事な内容だから、もっと落ち着いたところじゃないと。だから、ぼくの家にちょっと寄ってほしいんだ」

「でも……」

「いいじゃないか。いまのきみは、そんなに忙しくはないはずだよ。短大も休学してるんだろ？」

どうやら、ただ尾行されただけではなく、身辺の状況も調べられていたようだ。

浦真の家がどこにあるかは知っていた。閑静な高級住宅街だ。自分が借りているアパートから三キロばかり離れた場所になる。

豪邸と言っていいその家に到着したとき、千寿留は腕時計に目をやった。午後七時半。車中が気詰まりだったせいか二、三十分も助手席に座っていたような気もしたが、実際はクリニックを出てから十分も過ぎていない。

浦真は、電動で開閉するシャッターを開け、車庫に車を入れた。

車庫内から直接、家の中に入る。

浦真は売れている工芸家だ。特に食器をよく手がけている。

洋風の二階家の隣には、無骨な真四角の平屋が建っていた。浦真の工房だ。その工房の方なら、かつて一度なかを覗《のぞ》いたことがある。だが家に入るのは今回が初めてだった。

リビングに通された。

特徴のある部屋だ。四方の壁に何段も棚が設けてあり、そこに幾つも皿が並んでいるのだ。すべて浦真自身が工房で制作したものに違いない。

皿はどれも、木と金属を組み合わせて作ってある。それが浦真の得意とする手法であることは知っていた。

「少し暑いかな」

このリビングに入ったときから、部屋の隅では大きな薪《まき》ストーブがすでに勢いよく燃えていた。

「不用心だけど、あらかじめ暖めておいたんだ。きみの体がちょっとでも冷えてしまうのが心配でね」

ストーブを点《つ》けっぱなしのまま家を空けていたことについて、浦真はそう説明した。

「もっと身軽になったらどうだい」

浦真の言葉に従い、千寿留はポリエステル製のマタニティコートを脱いだ。それを彼が受け取り、アンティーク調のコートハンガーにかける。

なる。

「さあ、座ってくれ」

革張りのソファに座った。腹部がせり出しているため、どうしても背凭《せもた》れに体を預けるかたちに

「そのセーターもよけいだろう」

浦真の言うとおり、燃え盛る薪ストーブのある部屋では、いまブラウスの上に着ている厚手のセーターは邪魔でしかなかった。膨らんだ腹部をできるだけ隠しておきたかったが、すでに下着はじっとりと汗ばんでいる。しかたなくこれも脱ぎ、畳んで傍らに置いた。

「安心したよ」

「……何がですか」

「正直言うと、さっきからきみを見ていて、少し残念に思っていたんだ。妊娠太りで、せっかくのスタイルが台無しになってしまったな、ってね。でも、こうして見ると、けっしてそんなことはない。その分厚いセーターのせいで着ぶくれしていただけだったんだね」

リビングにはティーカップやポットが載ったキッチンワゴンも置いてある。これもまた美術品としての価値が高そうな代物だ。浦真はその前に立ち、自ら紅茶を淹《い》れはじめた。

「イタリアは工芸家にとって天国だったよ。誰しも芸術に対する理解が深い。それに比べたら、日本なんてやっぱり世界のド田舎さ」

どう応じていいか分からず、千寿留はただ曖昧に頷いた。

「それに、いい出会いもあった。実はイタリア人の女性と結婚することになってね」

浦真は顔をサイドボードの方へ向けた。その上には、イタリアで撮ったと思《おぼ》しき写真が飾ってあ

る。浦真が外国人女性と一緒に並んで写っていた。三十歳ぐらいで亜麻色《あまいろ》の髪をした女性だ。

「あの人だよ。名前はラウラっていうんだ。ぼくがウラマだから語感が似てるだろ。そんな縁で親密になってね。明々後日《しあさって》の午後、彼女も日本に到着する。その日の夕方には、さっそくこの家で一緒に暮らしはじめる予定さ」

「……おめでとうございます」

浦真が二人分の紅茶をテーブルに置き、自分もソファに腰を下ろした。

「ところが、そうも単純に喜んでいられないのさ。残念なことに、彼女は何年か前に骨盤腹膜炎という病気に罹《かか》ってしまったことがあるんだ。その後遺症で、妊娠できない体になってしまったんだよ」

ストーブの煙突がカンと乾いた音を立てた。

「しかしラウラは子供が大好きでね。どうしてもベビーが欲しいと言うんだな。ぼくは夫婦二人だけでも幸せになれると思っているんだが、彼女は『絶対に一度は自分で育ててみたい』と言い張って譲らないんだよ」

浦真はそこでいったん言葉を切り、じっとこっちを見据えてきた。

やはりどう反応したものか迷い、千寿留は視線をテーブルに落とした。

そこには大理石の灰皿が置いてあった。縁の部分に「ＵＲＡＭＡ ＭＩＫＩＯ」と浮き彫りにされた金属のプレートが嵌《は》めこまれている。この灰皿も浦真が工房で作ったもののようだ。

「こっちもついに根負けしてしまってね。いや、むしろ彼女に感化されて、ぼくも考えががらりと変わったんだ。何だか妙に子供がほしくなってしまったんだよ」

またストーブの煙突が妙な音を立てた。熱くなりすぎて、形状が微妙に変化したためだろう。内部で異常な燃焼を起こしているのかもしれない。

しかし浦真は話に夢中で、そんなことには一向に気づかない様子だ。

「で、イタリアから帰国して、妊娠やら子供やらといろいろ考えていたら、ふときみのことが気になってね。そう言えば、千寿留ちゃんは無事に赤ちゃんを堕ろせただろうか。そう思って、きみの同級生に近況を訊《き》いてみたわけだ」

かつて短大の友人たちと一緒に浦真の工房を見学した。彼を交えて皆でメールアドレスを交換したのはあのときだ。

「そうしたら、妊娠のために短大を休学中だというじゃないか。驚いたよ」

いつの間にか、浦真の目が濡れたような光を帯びていた。

「前置きが長くなってしまったね。じゃあ、このあたりでぼくが言いたかったことをはっきりさせよう。――お腹《なか》の子が生まれたら、ぼくが認知するから、その子をこっちに渡してもらおうか」

「嫌です」

答えたあと、無意識のうちに自分の腹部を手で庇《かば》っていたことに千寿留は気がついた。

ふっ、と浦真は笑った。

「そうかい。となると、家裁の判断を仰ぐことになるね」

望むところだ。よほどの事情がないかぎり、家庭裁判所は親権を母親に与える。そのぐらいの知識は持っていた。

「ところで千寿留ちゃん、きみはいまいくつだ？　もう成人していたかな？」

「十九です」

「そうか、未成年か。それは残念だ。子供の父親は成年者だが母親が未成年者だという場合、親権はまず母の親権者が——つまり千寿留ちゃんの親が持つことになるらしいね」

「本当ですか」

「ああ。民法の決まりではそうなっているみたいだよ」

だったら問題はない。それに自分にとっては少しも「残念」ではない。成人したら、それなりの手続きを踏んで母から親権を返してもらえばいいだけのことだ。

「たしか、きみのお父さんはもう他界されているよね。するとお母さんが親権者ということになる」

「そうですね」

「でも気の毒なことに、千寿留ちゃんのお母さんはいま、病気で大変な思いをしているそうじゃないか。仕事を休まざるをえないから、生活保護も受けているらしいね」

千寿留は身構えた。彼の調査はこちらの実家にまで及んでいたのか。

現在五十八歳になる母は、去年、脳梗塞で倒れた。左半身に麻痺が残り、いまだにリハビリ中だ。

「はて、健康にもお金にも不安を抱えた状態で、満足に親権を行使できるものだろうかねえ。こうなると、ぼくとしては家裁に異議申し立てをせざるをえないな。きみのお母さんよりぼくの方が親としてはふさわしいと、はっきり主張させてもらうさ、赤ちゃんのためにもね。——さて、裁判所はどっちが親としてふさわしいと判断するだろうな」

体調を崩し経済的にも逼迫《ひっぱく》している高齢女性と、健康で裕福かつ著名でもある壮年男性。勝負にならない。審判の行方は明らかだ。

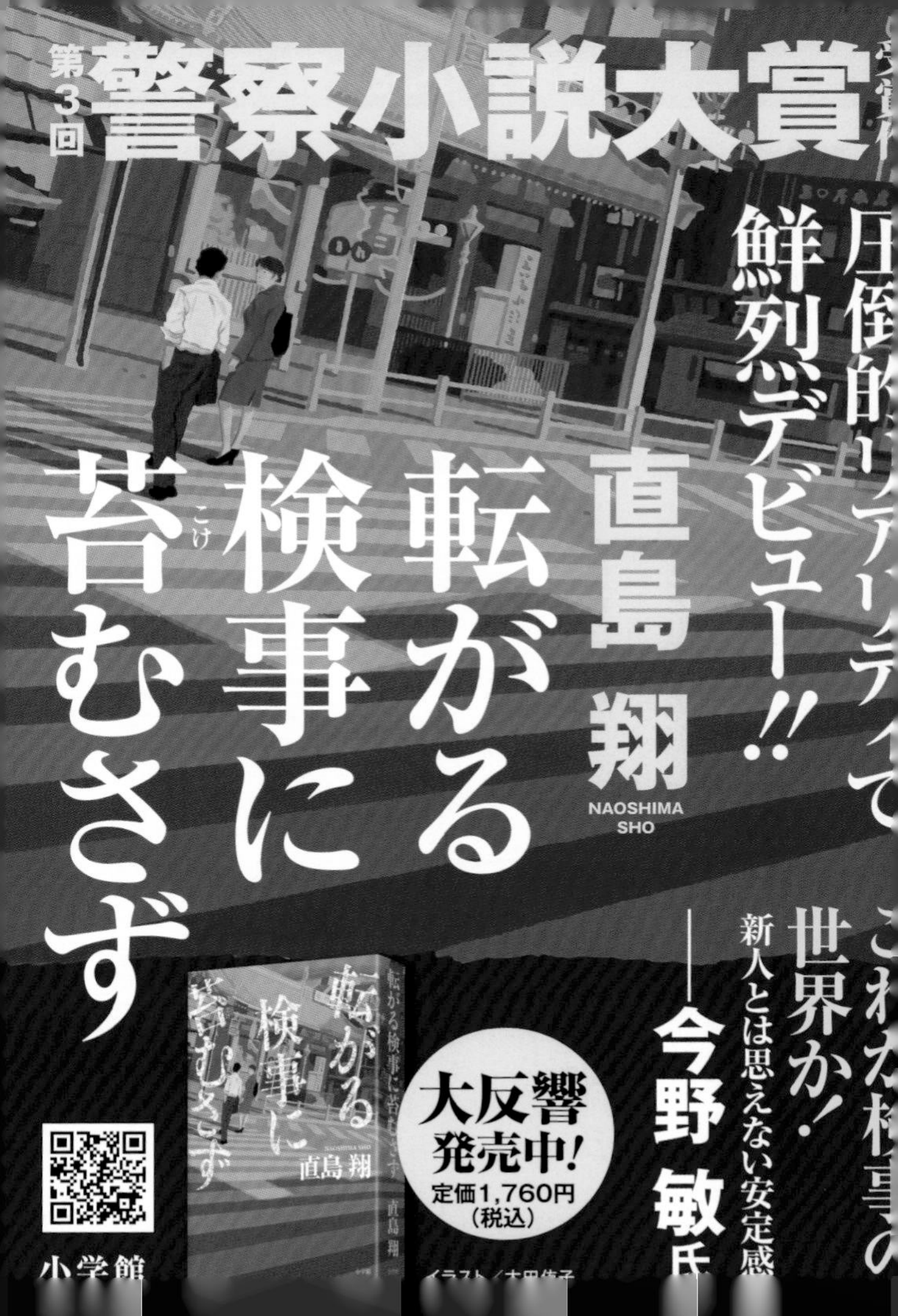

第3回
警察小説大賞
圧倒的リアリティで
鮮烈デビュー!!
直島翔
NAOSHIMA SHO
転がる検事に苔《こけ》むさず
これが検事の
世界か!
新人とは思えない安定感
——今野敏氏
大反響
発売中!
定価1,760円
(税込)
小学館

第3回 警察小説大賞、堂々の受賞

人情をもって悪を照らし出す。心に沁みる本格検察ミステリー。

『震える牛』相場英雄氏

最終候補作中、もっとも

キャラクター造形が
巧みな作品だった。

主人公や準キャラたちへの負荷のかけ方、影の造り込みがうまく、一番感情移入できた。

『教場』長岡弘樹氏

検察官の視点から警察を描くというのは、手法として意表をついており、

なかなか
刺激的な試みだ。

筆致は丁寧で、どのシーンもじっくりと作り上げられていた。

「STORY BOX」編集長 幾野克哉

取材経験と知識に裏打ちされた検察、警察に関連するディテールだけでも、ぐいぐい読ませる上手さがある。主人公の窓際検事・久我はもちろんのこと、同僚の倉沢、警察官の有村、ヤメ検弁護士の常磐、ヒール役の検事・小橋まで、キャラクターの立て方も申し分ない。登場人物に躍動感があるから、物語に臨場感がある。

ブックジャーナリスト 内田剛氏

これは本物！ とんでもない実力派が現れた！ 成熟の筆づかいに風格さえも感じさせる。追いかけるほどに謎が膨らむ展開も見事だが、内なる炎をたぎらせて正義を貫く職業人の矜持が突き刺さる。一途な想いは家族や仲間たちにも変化をもたらし、たったひとつの真実が心の奥底を揺るがせる。

転がる検事に苔むさず　直島 翔

〈あらすじ〉
夏の夜、若い男が鉄道の高架から転落し、猛スピードで走る車に衝突した。自殺か、他殺か。戸惑う所轄署の刑事課長は、飲み仲間である検事・久我周平に手助けしてほしいと相談を持ちかける。自殺の線で遺書探しに専念するが、このセールスマンの周辺には灰色の影がちらついた。ペーパーカンパニーを利用した輸入外車取引、ロッカーから見つかった麻薬と現金——死んだ男は何者なのか。交番巡査、新人の女性検事とともに真相に迫る。

全国の書店員さんから 絶賛の声、続々！

一見頼りなさげな検事・久我。
読み進めるうちに彼の真実を求める姿勢の誠実さが感じられた。そんな彼を信頼する新米検事と若き巡査。2人の熱さのバランスがとても良かった。
猪俣宏美さん
東京旭屋書店 新越谷店

新たに楽しいコンビが誕生しました。しかも舞台は検察！
スピード感のあるストーリー展開にワクワクしました。
中江敬子さん
TSUTAYA WAY ガーデンパーク和歌山店

中身がしっかり作りこまれている。
さすが新聞記者。
検事というジャンルを知らない人でも楽しめると思う。
岡村優二さん
ブックファースト アトレ吉祥寺店

めちゃくちゃ面白い！久我検事シリーズ、熱望します!!
検事として優秀でありながら、娘に直接口をきいてもらえなくて悩んだり、二日酔いで家族から白い目で見られたり(笑)
山本智子さん
文真堂書店 ビバモール本庄店

登場人物たちが皆、親近感のわくキャラクター
で事件解決まで感情移入しすぎました。
最後の最後の最後まで！
目が離せない大満足の一冊です。
山田麻奈未さん
六本松 蔦屋書店

著者プロフィール
直島 翔(なおしま・しょう) 1964年生まれ。新聞社勤務
社会部時代、東京地検など司法を担当。本書でデビュー

「まあ、しかたないよ。ウィナー・テイクス・オールさ。勝者がすべてをかっさらう。それがこの世の掟だからね」

その言葉を耳にした瞬間、怒りのあまり目眩《めまい》を覚えた。少しぼやけた視界のまま、千寿留は浦真を睨《にら》んだ。

「堕ろせ、と言ったのは誰ですか」

「事情というのは変わるものさ」

この子だけは死んでも渡さないから。そう表情で伝えてやる。

「おい、そんなに怖い顔をするなって。考えてもみてくれよ。きみにそれだけの財力があるかな。さっきクリニックの会計を終えたあと、財布が軽すぎて困ったんじゃないか？」

目が泳いでしまったのに気づかれたかもしれない。図星をつかれ動揺を隠せなかった。

「いまきみが住んでいるコーポヨシノとかいうアパート。あそこの家賃は三万円程度らしいね。可《か》憐《れん》な女子大生が住むには、いまいち安っぽいんじゃないか。それに、実家だって経済的に苦しいんだろ。お母さんは何の仕事をしているんだっけ？」

浦真はゆったりとした手つきでティーカップを取り上げ、紅茶をひと啜《すす》りした。

「ああ、保健師さんだったね。立派な仕事だ。でも収入が特別多いとは思えない。しかも休業中だ。失礼だけど、千寿留ちゃんの学費を払ったらもうカツカツって感じじゃないのかな」

正しくは保健師ではなく助産師だが、浦真はわざと間違えたふうではなかった。不正確に記憶されていたことも腹立たしくてならない。

「本当を言うとね、きみをこの家へわざわざ連れてきたのは、ぼくの暮らしぶりを見てほしかったからでもあるんだ。ほら」

浦真はぐるりと首を回しながら、四方の壁を手で指し示した。

「ここに飾ってある皿をご覧。どんなに小さいものでも、ぼくの名前が彫り込んであれば、一つ十万円は下らない。それでも買いたいという客は大勢いる」

千寿留はまた視線を落とし、大理石の灰皿を見つめた。

「裕福な家と、そうでもない家。どっちに育った方が子供は幸せだろう。考えるまでもないよね。――これで分かってくれただろ？　産んだあと赤ちゃんを渡してくれるなら、ぼくの作品を好きに選んで持っていっていいよ。何点でもね」

自分の右手が自然と灰皿に伸びていくのを千寿留は悟った。つかんで立ち上がる。大理石の重さを、なぜかほとんど感じなかった。

「おいおい、ちょっと待った」

浦真もソファから腰を浮かせる。

その側頭部を、千寿留は躊躇《ちゆうちよ》なく灰皿で殴りつけた。

浦真はよろけた。座っていたソファを押しのけるようにして後退し、壁に背中をぶつける。その衝撃で、皿がばらばらと厚い絨毯《じゆうたん》の上に落ちた。その中には、直径五十センチほどもある大皿もあった。

反動で前に倒れた浦真は、毛足の長い絨毯に顔を埋めるようにし、俯《うつぶ》せになったまま動かなくなった。絶命したのは明らかだ。

彼の死体を見下ろしていると、お腹の子が大きく動いた。下腹部に鈍い痛みを感じる。

殺してしまった……。

しかし、これで子供は誰にも奪われずに済む。そう思えば、後悔より安堵《あんど》の方がはるかに勝っていた。とはいえ警察に捕まったら、結局この子とは離れ離れになってしまう。それだけは避けなければならない。

千寿留は部屋の電気を消し、暗がりに目を慣らすことに努めた。

薪ストーブも止めたかったが、方法が分からない。まあいいだろう。燃料を足さなければ、そのうち勝手に火が消えてくれるはずだから、放っておけばいい。

急に風が強くなったらしい。建てつけのいい家であるにもかかわらず、窓ガラスが意外に大きな音を立てながら小刻みに揺れた。

とにかく、現場に残った自分の痕跡を始末するのが先決だ。

やるべきことをあれこれ考えていると、また胎児が動いた。

2

乗ったタクシーは電子マネーが使えなかった。運賃は二千二百六十円。釣り銭を受け取るわずかの時間が惜しい。二千五百円を支払って領収書だけを切ってもらい、隼田聖子《はやたせいこ》は後部座席から降りた。

浦真幹夫宅の周囲には捜査車両が何台か停まっている。

警備にあたっている制服の警察官に手帳を見せ、家の中に入ろうとした。その際、何気なく西隣の家に目を向けると、門前に坊主頭の男児が一人立っているのに気がついた。薄暗がりのなか、目を凝らして見たところ、年齢は十歳前後のようだ。興味津々といった様子でこちらをうかがっている。

玄関で靴を脱ぎ、ヘアキャップと足カバーをつけた。勘を頼りに進み、幸い迷うことなくリビングと思《おぼ》しき広い部屋にたどり着いた。

所轄署の捜査員たちに挨拶をしつつ、風間公親の姿を探す。

「お疲れさまです」

こちらに向かって挨拶してきたのは所轄署の若い捜査員だった。まだ学生に見える幼い顔立ちの彼は、かつて別の署で一緒に働いた後輩だ。

「や。元気にしてた」

「はい、おかげさまで」

見渡すと、この殺人現場には、ほかにも見知った若手の顔がいくつか見える。みな、こちらよりも後から刑事を拝命した連中だ。

今年三十二歳になる自分は、新米刑事というには、やや年齢を重ね過ぎているのかもしれない。それでも風間道場の門下生に抜擢《ばってき》されたのだから、ガッツだけは認めてもらえたということだろう。

「被害者は浦真幹夫。職業は工芸家です」

遅れて臨場した女の先輩に、後輩は早口の小声で情報を提供しはじめた。外見は幼くても中身はよくできた男だ。

「年齢は四十歳。この家に一人で住んでいたようです。死亡推定日時は一月二十日の午後八時前後と思われます」

「発見者は？」

「外国人です。今日の夕方、ここを訪ねてきたイタリアの女性で、浦真の婚約者だと言っていました。かなりショックを受けて、いまは二階の寝室で寝込んでいます」

それだけ言ったところで所轄の上司から呼ばれたため、彼は一礼して離れていった。

ありがとと。後輩の背中に無言で礼を言いながら、聖子は白髪の男を探した。

見つけた。殺された浦真のすぐそばに立っている。

浦真の遺体はリビングの分厚い絨毯の上で俯せの状態になっていた。左の側頭部に血の塊がこびりついている。傍らには重そうな灰皿が転がっていた。

「すみません。遅くなりました」

風間から呼び出しを受けたのは、所用で他署に出向いていたときだ。足がなかったため、そこから現場に向かうにはタクシーを利用するしかなかった。

「所見を言ってみてくれ」

遺体を見下ろしながら風間が放った第一声がそれだった。この指導官は挨拶が嫌いなのかもしれない。

聖子は遺体に向かって合掌しながら考えた。

——頭部を殴られていますね。凶器はここに転がっている灰皿でしょう。

そうした〝見れば分かる〟ことを口にしても、この指導官には無視されるだけだ。風間を満足させる答えを言うには、最低限、何らかの推理を働かせる必要がある。

「犯人は顔見知りだと思います」

「なぜだ」

「側頭部にある打痕の位置です。真横よりやや正面についています」

背後からではなく、向き合っているときに殴られたということだ。

いまの答えは、少なくとも落第ではなかったらしい。ここでようやく風間は顔をこちらに向けてくれた。

「被害者はだいぶ売れていたようだな」

「そのようです」

この家の構えや、室内にある調度品を見れば、それはよく分かる。

「これらの皿はみな、被害者自身の作品でしょうね」

絨毯の上に散乱している皿は、全部で十五、六枚ほどもあるか。死体との位置関係から、絶命の直前に浦真が壁にぶつかったせいで落下したのだと見当がついた。

見ると、皿は基本的に木製だが、どれも縁の部分に金属の輪が嵌めこまれている。車のタイヤにたとえて言えば、ホイール部分が木製で、ゴムの部分が金属という作りだ。

その金属部分には、英文字が、小さく凸版印刷で使う活字棒のように浮き彫りにされていた。

URAMA MIKIO
ブロック体で彫ってあるその文字は、被害者の名前に違いなかった。散らばっている皿のすべてに、この名前が刻んである。つまり全部、被害者自身の作品ということだ。

ただ、彫ってある部位は側面ではなく上面だから、この意匠があるおかげで実用性は台無しだ。

してみると、これらはいわゆる飾り皿なのだろう。

これら一枚一枚に値段をつけるなら幾らぐらいになるのか。見当もつかないが、この名前が彫ってあるせいで価格がぐんと上がることは確かなようだ。

もう一つリビングで目立つのは大きな薪ストーブだった。煙突が壁の近くにあり、天井付近の高さまで伸びて外に出ている。

そちらの方へ目を向けていると、

「このストーブを見て気づいたことはないか」

ふいに風間が質問を投げてよこした。意表をつく問い掛けだった。

「……煙突がちょっと妙ですね。色が変色しています」

「もう少し詳しく説明してくれ」

「材質はステンレスのようです。元々は銀色だったのでしょう。しかし、いまはところどころ虹色に模様がついてしまっています。かなり高い温度の熱で異常な焼け方をした、ということだと思います」

「そのとおりだ。煙道火災が起きていたようだな」

煙道火災とは、タールが煙突の内部に付着し、それが猛烈な勢いで燃える現象だ。そう説明したあと風間は、

「次はこっちを見てみろ」

床に散らばった何枚もの皿を指さした。

「どこかおかしいと思わないか」

これは難問だった。いくら考えても風間が求めている答えが分からない。

「もっと目を近づけて、斜めから見てみることだ」

言われたとおりにして、ようやく一点気づいたことがある。

「埃《ほこり》ですね」

散らばった皿の中に一枚、直径五十センチほどもある大皿があった。深さも十センチ近くあるかもしれない。ここに散乱している皿のなかでは一番の大作だ。

どの皿も、表面に埃が薄く積もっている。しかし、この薄緑色の大皿だけはそうではなかった。

「最近、何かに使ったのかもしれません。しかし、それが犯行と関係があるんでしょうか」

風間の顔つきが厳しくなった。「愚問だな」

そうなのだ。現場に少しでも異変や疑問があれば、そこを徹底的に洗う。それが捜査の鉄則なのだ。

「すみません。調べてみます」

そこに地元署の刑事が近づいてきた。手に一冊の雑誌を持っている。

「指導官の探されていた資料が見つかりました」

その刑事が風間に雑誌を手渡した。

最近出たばかりの工芸の専門誌で、捲《めく》ってみると、浦真を紹介したページもあった。このリビングを撮影した写真も何点か載っているから、これを参照すれば、どの皿が壁のどこに並んでいたかが分かる。

それで見ると、例の大皿が飾ってあった場所は、煙突とだいぶ近かったようだ。

3

浦真殺しの捜査に従事して以来、毎日そうしているように、聖子は現場へ向かって警察車両を走らせた。だが今日訪ねるのは浦真宅ではなく、その西隣の家だった。

面会相手は坊主頭の男児――初めて臨場したときにちらりと見かけたあの子だ。

訪問したい旨は、あらかじめ保護者に告げてあった。呼び鈴を押すと母親が出てきて、居間に通された。待つほどもなく、二階から男児が下りてくる。

01．26　10：00ＡＭ。今日の日付と時刻を手帳に記してから聖子は口を開いた。

「いま何年生かな？」

「四年です」

「今日も学校はお休みなんだね。そんなに流行《はや》ってるの？　インフルエンザ」

「はい。あと一週間は学級閉鎖が続きます」

――きみにまかせる。わたしの顔を見ると怖がる子がいるからな。

白髪に右目が義眼。見慣れればそうでもないが、初対面なら大人でもぎょっとする人がいる。そんな風貌をした風間の意向で、この事情聴取は単独での仕事となった。

「それじゃあ本題に入るね。警察の人に何度も同じことを訊かれたと思うけど、念のためもう一度だけわたしに教えてね」

「はい。――ぼく、刑事さんと一度会ってますよ。浦真さんのお宅で警察の捜査が始まったばかりのとき、タクシーから降りるところを見ました」

かなりしっかりしている子のようだ。頼もしい。

「覚えていてくれてありがとう。——では訊きますが、一月二十日の夜、あなたは窓から何を見ましたか」

男児は眉間に小さな皺《しわ》を作った。殊勝にも記憶を探り直した様子だった。そして、やはり間違いないとの確信を持った表情で言った。

「女の人です。道路を東から西へ歩いて行きました」

つまりその女は、浦真宅の方から姿を現し、この家の前を通り、歩き去ったということだ。

「それは何時ごろですか」

「午後九時ごろです」

「女の人の顔は覚えていますか」

「暗くて分かりませんでした。すみませんが、服装もよく見えませんでした。ただ、背格好と歩き方からして、若い女の人に間違いありませんでした」

こちらの質問の意図を読み、先取りしながら答えてくる。思った以上に賢い子だ。

「具体的に、彼女はどんな体形をしていましたか」

「スリムな感じでした」

「いま『若い』と言いましたが、だいたい何歳ぐらいだと思いましたか」

「二十歳ぐらいだと思います。ぼくの従姉《いとこ》がちょうど二十歳ですから、だいたい分かりました」

「その女の人は何か持っていましたか」

「はい。ちょっと大きめの手提げバッグを一つ持っていました。そのバッグは明るい色をしていたので、暗くても見えたんです」

「そのとき、物音を何か聞きましたか」

「聞いたかもしれませんけど、風がすごく強くて、びゅうびゅう鳴ってる空気の音しか耳に届きませんでした」

男児に礼を告げ、隣家を辞した。

これから県警に戻り、午後からは風間と一緒にほかの場所で聞き込みに当たる予定だ。

その前にコンビニに立ち寄った。昨日発売された週刊誌を開いてみる。

【工芸家殺害事件に重大証言　現場付近で目撃された〝スリム〟な女の正体とは⁉】

「痩せている」でも「ほっそりしている」でもなく「スリム」。この言葉を、先ほどもあの男児は口にしていた。それがなかなか印象深かったが、この記事を書いたライターも同様だったと見え、当の文字だけわざわざクォーテーションマークで囲われている。

雑誌をスタンドに戻したあと、ほかの週刊誌も次々にめくってみた。坊主頭の児童による証言はすでに警察からマスコミに向けて発表されているため、どの週刊誌にも似たような記事が並んでいた。

午後から風間と一緒に向かった先は、「コーポヨシノ」という名のアパートだった。築三十年ほどか。このあたりでこの古さなら、家賃は月三万円程度だろう。

だが、ここの二〇三号室を訪問するのはいったん後回しだ。いまは建物の位置だけを確認し、通り過ぎる。

足を止めたのは、コーポヨシノの何軒か隣にある民家の前だった。「嘉野《よしの》」と表札にあることを確認し、門から敷地に入る。

庭先に、六十ちょっと手前と見える小太りの女がいた。移植ごてを手に、土をいじっているところだった。訪問の意は事前に告げてあったため、警察手帳を出しても、女の表情に目立った変化はなかった。

「あなたがコーポヨシノの大家さんですか」

「そうよ。で、用件は?」

「二〇三号室にお住まいの萱場千寿留さんについてお訊きしたいのですが」

幹線道路に設置されたNシステムのデータを調べたところ、一月二十日の夜、つまり殺される直前に、浦真は車を運転していたことが明らかになった。そのNシステムは、ナンバープレートのみならず運転者や同乗者まで撮影できるタイプの装置だったため、同乗者がいたことも判明した。

若い女だった。

顔写真は不鮮明だったが、萱場千寿留という女子短大生らしいと判明するまで、あまり時間はかからなかった。

千寿留の通う短大での聞き込みは、いま所轄署の捜査員が担当している。聖子は、彼女が借りているアパートの大家から情報を得るべく、こうして足を運んだところだった。

「彼女ね」嘉野は立ち上がると、声の音量を落として言った。「いまは短大を休学してるのよ」

「なぜですか」

「だってこれだもの」

移植ごてを持った手を使い、嘉野は体の前に大きな弧をジェスチャーで描いてみせた。

「それは妊娠している、という意味ですか」

——スリムな感じでした。

男児の目撃証言が脳裏でかすかに木霊《こだま》した。

「そういうこと。でもまだ学生でしょ。だからわたしも心配でね。お節介だとは思ったけど、ときどき様子を見にいっていたわけ」

嘉野はまた土いじりに戻った。その動きに風間は黙って目を凝らしている。そう言えば、彼の趣味は園芸だと小耳に挟んだことがあった。

「でさ、一昨日も様子を見に行ったら驚いた。彼女ったら、もう産んでいたのよ、男の赤ちゃんをね。わたしも子供が好きだから、部屋に上がって見せてもらうことにしたの。でも、そのとき千寿留ちゃんは、露骨に迷惑そうな顔をしたのよね」

「なぜでしょう」

「分からないわよ。普段は性格のいい子だから、わたしも驚いてね。でも、世話になっている大家に失礼をするわけにもいかないと思ったのかな、結局は招き入れてくれたわけ」

何か思うところがあったらしく、嘉野は意味もなく土に移植ごての先端を突き刺しはじめた。

「それで？」

「そしたらね」嘉野は手の動きを止めた。「赤ちゃんの足首あたりに、変な痣《あざ》があったのよ。痣じゃなければ傷ね」

「変、と言いますと?」

「つまり生まれつきのものじゃなくて、あとからついたってことよ。見た感じがそうだったの。赤ちゃんが自分で足をどこかにぶつけても、あんなに大きな痣にはならないわよ。ということは、つまり誰かにつけられた、ってことね」

〝虐待〟の二文字が頭に浮かんだ。

「どっちの足ですか」

「左足だったわね。一瞬見ただけだからよく分からないけど、ぼんやり文字が書いてあるようにも見えた。そんな痣だった」

文字に見える痣というのはあまり聞いたことがない。すると、やはり千寿留が虐待めいたことをしているのか。皮膚に何かを彫りつけるといったような……。

「だからわたし千寿留ちゃんに言ったの。『赤ちゃん、左の足首に怪我《けが》をしているみたいね』って。そうしたら彼女、ものすごく動揺したのよ」

4

週刊誌の記事を食い入るように読んでいると、また泣き声が聞こえてきた。

【工芸家殺害事件に重大証言　現場付近で目撃された〝スリム〟な女の正体とは⁉】

仰々しい見出しをもう一度目に焼きつけたあと、千寿留は雑誌の頁《ページ》を閉じ、生後間もない息子を抱き上げた。

「今度は何？　ミルク？　おしめ？　お腹空《なかす》いたの？」

息子をあやしながら、千寿留はまた溜《た》め息《いき》をついた。

どうも気分が落ち込んでいる。きっとホルモンのバランスが大崩れしているせいだ。これがマタニティブルーと呼ばれる症状に違いない。

「それとも、もしかしてここが痛むの？」

ベビータイツを脱がせ、左の足首を見た。出生時に誤って火傷《やけど》をさせてしまった。ごく軽い火傷だが、その痕跡はまだ赤い痣となって残っている。

「ごめんね。ごめんね」

医者に診せ、適切な治療を施してもらいたかった。できればそうしたい。だが、この火傷痕では無理な相談だ。

「あとちょっと我慢してね。もうすぐ消えるから」

火傷痕は、これができた直後に比べたら、もうだいぶ薄くなっている。完全に消えさえすればクリニックを受診できる。自分もこの子も健康に生きていける。そのときまでもう少しの我慢だ。

息子がまた泣き始めたとき、玄関の呼び鈴が鳴った。

ドアスコープから覗いてみると、廊下に立っているのは男女のコンビだった。雰囲気から刑事だとすぐに分かる。いずれ警察の訪問を受けるだろうことは覚悟していたから、それほど焦りはしなかった。

二人が名刺を出してくる。男は風間公親、女は隼田聖子という名前だった。

千寿留は玄関口で立ったまま応対した。

「ある事件について調べていまして」女刑事の方が半歩前に踏み込んできた。「ちょっとお話をうかがいたいのですが」

「はい、どうぞ」

背後で息子の泣き声がひときわ大きくなる。

「おや、赤ちゃんがいるんですね。名前は何というんですか」

「夢が多く叶うように、叶多《かなた》とつけました」

「誕生日は？」

「一月二十一日です」

「どこの病院で出産なさったんです？」

「驚かれるかもしれませんが、この部屋なんです。急に産気づいて。本当に突然でした。独り暮らしなものですから、すっかり困ってしまって。結局、ここで産みました」

「えっ」聖子という刑事は目を瞠《みは》った。「お一人で、ですか」

「はい。固定電話はありませんので、携帯電話で助けを呼ぼうとしたんですが、充電し忘れていて万事休すでした。ノートパソコンも持っていますけど、陣痛がひどすぎて、とてもネットやメールを使う余裕もなくて、誰にも助けを求められませんでした」

叶多の泣き声がいっそう大きくなった。

「怖くありませんでしたか」

聖子の口からは、そんな質問が発せられた。独りで産むなどということが、はたして自分に可能だろうか。そう考えたせいかもしれない。

「もちろん不安でしたが、思ったより怖くはありませんでした。母親が助産師の仕事をしているので、お産についての知識は子供のころからいろいろ持っていたんです。いよいよその知識を役立てるときだな、って逆に奮い立ちました」

「そうなんですね。――ところで叶多ちゃんは、おしめが濡れているみたいですよ。泣き方で分かります」

その言葉からして、この女刑事にも子供がいるのだろうと見当がついた。

「差し出がましいようですが、よろしければわたしがお手伝いしましょうか」

「お言葉だけありがたく頂戴《ちょうだい》します」

「遠慮なさらずに。手を貸しますよ」

意外にしつこい聖子の申し出に、

「いいえ、結構ですっ」

返す言葉の調子がついきつくなった。いけない。もっと落ち着かなければ。

このとき、隣の部屋から住民の男が顔を出した。何か言いたそうな表情だ。たしかに、赤ん坊の泣き声に加え、廊下で立ち話をされたのでは、文句の一つも口にしたくなるだろう。

千寿留は折れた。

「どうぞ、入ってください」

「失礼します」

まず風間がリビングに上がってきた。続いて入室した聖子は、布団の上にいる叶多の前に膝をついた。

「寝かせる場所を変えたほうがいいですよ」

「どうしてですか」

「ここだとエアコンの風が当たるからです」

生まれて間もない赤ちゃんは、自分で動くことができない。そのため、エアコンや扇風機の風がストレートに顔に当たると、上手《うま》く息を吸えなくなることがある。そう聖子は説明した。

「そうなんですね。分かりました」

千寿留はすぐに、叶多の寝ている布団を風が当たらない場所に移動させた。

「赤ちゃんが泣くのは当然です。泣き止《や》まなくても焦らないことが肝心なんです。泣く子は育つと信じて、大らかな気持ちでいてください。母親がゆったり構えていると、赤ちゃんも嘘のように泣き止むことが多いんですよ」

「はい」

「それでも泣いて困るんでしたら」

聖子は自分の手帳から紙を一枚破り取って、それを叶多の耳元でくしゃくしゃに丸めてみせた。

ほどなくして叶多の泣き声が消えた。

「こういうカサカサ音を聞かせてやる手があるんです。それに、赤ちゃんの目にサングラスをかけてやると泣き止むと聞いたこともありますね。――さて」

ここで聖子の顔つきが変わった。

「本題に戻らせてもらいます。工芸家の浦真幹夫さんという人をご存じですか」

「ええ」

「彼が殺害されたことは？」

「テレビのニュースで見ました」

千寿留は左手でそっと右手をさすった。浦真の頭に灰皿を振り下ろしたときの感覚。それが指先によみがえってきたせいだ。

後悔の念は、いまに至るもまったく湧いてこない。振り返ってみると、あれは怒りというよりもむしろ、子供を奪われてしまう恐怖にかられての行為だった。その恐怖が払拭された現在、胸の裡《うち》にあるのは深い安堵感だけだ。

「死亡推定時刻は一月二十日の午後八時ごろです。自宅で殺害されました。その時間、あなたはどこにいましたか」

「家に一人でいました」

「それを証明してくれる人はいますか」

「亡くなった浦真さんだけです。あの晩は、彼がクリニックからここまで送ってくれたんです」

聖子の目つきが険を帯びた。いまの言葉が嘘であることを見抜いているようだ。

もっと恐ろしいのは背後にいる風間という男の眼差《まなざ》しだった。微妙に斜視気味だから、どちらかの目は義眼なのかもしれない。片方の目で、じっと後ろ姿を見据えられていることは、振り返らなくても分かる。眼光が鋭すぎて首筋が痛いほどだ。

「あなたと浦真さんの馴れ初《なそ》めは？」

「短大の芸術科目の授業で、彼の工房を見学に訪れたのが最初です。去年の春でした。講師に連れられ、同じ一年生の女子数人と一緒に、自宅の横にある工房を見せてもらいました」

そのとき浦真と知り合いになった。独身の彼は一目でこちらが気に入ったようだった。三日もしないうちに浦真からメールがあり、二人だけで会うことになった。

体の関係を持ったのは、三回目にデートをしたときだ。

アフターピルを使ったのだが、服用するタイミングが遅かったせいか妊娠してしまった。

もちろん浦真に相談した。ほかに交際している男性はいなかったから、できた子の父親は彼に間違いなかった。

浦真は中絶の費用として現金で百万円を渡してきた。余ったら取っておいていい、とも言い残し、その直後にイタリアへと旅立ってしまった。

しかし千寿留は浦真の意向に背いた。せっかく授かった命なのだ。堕胎するなど考えられなかった。

「出産後、クリニックを受診しましたか」

そう訊いてきた聖子は、叶多の足首にじっと視線を当てている。

大家の嘉野から情報を得てきたのだとピンときた。

嘉野に叶多の足首を見られたのはまずかった。あれ以来、短いソックスはやめ、厚手のベビータイツを穿《は》かせている。だからこっちがそれを脱がせないかぎり、聖子には叶多の足首の状態を知ることはかなわない。

「いいえ、この子もわたしも健康なものですから、まだ医者には診せていません」

「いけませんね。赤ちゃんは病気にかかりやすいんですよ。とにかく早めにまたクリニックへ足を運ぶことをお勧めします。あなたも叶多ちゃんも」

「そうします」

「ところで、最後にもう一つお訊きしていいでしょうか」

「どうぞ」

「叶多ちゃんの父親は誰です?」

千寿留は一瞬の間を使い、聖子の表情を観察した。そこにあったのは、言ってみれば〝答え合わせ〟をするつもりの顔だった。すでに調べはついているようだ。嘘を言ってもはじまりそうにない。

「浦真さんです」

幸い、その名前を口にしたところで、少しも声が震えたりはしなかった。

5

「マタニティクリニックすこやか」では、午後の診察が二時からはじまる。事情聴取はその前までに終わらせなければならない。聖子は、昨日会った女子短大生の顔を思い出しつつ、早口で訊いた。

「一月二十日以来、萱場さんは来ていないんですね」

患者のいない待合室で対峙《たいじ》した院長は、五十年配の痩せた男だった。

「ええ。出産予定日になっても姿を見せなかったので、こちらから電話をしたんです。そうしたら自宅で産んだという返事でしょう。さすがに驚きましたよ」

「一人で出産するというのは、例としてはどのぐらいありますか」

「わたしたちは〝孤立出産〟と呼んでいますけどね、意外に多いんです」

「例えば、どんな場合にそれが起きますか」

「だいたいは、未婚の女性が妊娠したあと、パートナーの男に逃げられた場合ですかね。世間体も悪いですし、親や家族に迷惑をかけられないという思いから、一人でこっそり産んでしまうケースが多いようです。あとは、堕胎を考えたものの費用が捻出できなかった場合とかですね」

「今回の萱場さんのように、産気づいたタイミングがあまりに予想外かつ急で、しかも外部に連絡する手段がなかったから、という例も過去にはあるんですか」

「ありますよ。出産にまつわるトラブルには事欠きません」

「孤立出産の安全性はどうでしょうか」

「そりゃあもちろん危険ですよ。はっきり言って、絶対にやるべきではありません。母子の命に関わる行為です。特に子供が死亡するケースが多い。それは妊婦なら誰でも承知していることですね。ですから、そうせざるをえなかったというのは、背景によっぽど切羽詰まった事情があるということなんです」

「分かりました。——ところで、どうして萱場さんは、産んでからまだ一度も来院しないんでしょうか」

「さあてね。こっちは強く言ってるんです。『生後すぐの検診は欠かせませんから、とにかく早く赤ちゃんを連れて来てください』って。でも、『そのうち行きますから』といった生返事があるばかりで、さっぱり要領を得ないんですよ」

「来院を拒否する理由としては、何が考えられますか」

「親が子を医者に診せたがらないとしたら、理由はだいたい一つに絞られますね」

「……虐待、ですか」

「ええ。もし子供の体に傷や痣があったら、それを見つけた我々には警察や児童相談所へ通報する義務が生じますから」

「萱場さんの場合も、そうだと思われますか」

院長は、まさか、という顔をした。

「あんなに赤ちゃんを大事にして、産むのを楽しみにしていた人ですからね。ちょっと考えられませんよ。まあ、マタニティブルーに罹《かか》ると、誰でも精神の状態がおかしくなったりするものですが……。しかし、やっぱり萱場さんなら、けっして赤ちゃんに手を上げたりはしないと思うな。それは経験から断言できますね」


クリニックを辞し警察車両の前まで戻ったところ、意外なことに風間が運転席に座った。

「わたしが運転しますよ」

そう言ったのだが、風間は黙って車を発進させる。

どこに向かっているのか……。戸惑っていると、彼が先に口を開いた。

「昨日萱場千寿留に会い、きみはどんな印象を抱いた？」

「育児にはちょっと疲れているようでした。ですが、浦真殺しに関しては、もし彼女が犯人だとすると、不思議なぐらい余裕がある感じを受けました。指導官はいかがですか」

「同感だ。――それはなぜだと思う？」

「週刊誌の記事を読んだからではないでしょうか」

被疑者は手提げバッグのスリムな女――そのように、どの雑誌も書き立てている。

千寿留がクリニックで浦真の自動車に乗ったことは、Nシステムに記録されているのだから確実だ。

その車がコーポヨシノで千寿留を降ろしたという目撃情報はない。

反対に、車が浦真宅の駐車場に女性を乗せたまま入っていく場面なら、見ていた者がいた。同乗者の女について、その目撃者は「二十歳ぐらいでショートヘアだった」と証言しているから、ほぼ千寿留だと断言していいだろう。

問題は、彼女が浦真宅から出た場面だ。

その目撃証言がまったくない。

クリニックの看護師が言うには、千寿留の胎児は通常より大きかったようだ。母体が元々細身であるだけに、腹部のせり出しは特に目立っていたという。だから夜目であっても遠目であっても、千寿留を目撃した者には彼女が妊婦だとはっきり認識できたはずだ。

ところが浦真が殺されたと思しき後の時間帯に、現場の付近で妊婦を見たという証言が一つも出てこない。

この点についての証言は、坊主頭の男児による「手提げバッグを持った二十歳前後の女が歩いていた」というものだけだ。

そしてその女は「スリムな感じ」だったのだ。

たとえ泥酔している者の目にも、妊婦体形はスリムとは映らないだろうから、その手提げバッグの女が千寿留だとは考えられない。

またクリニックの看護師によれば、あのとき千寿留は厚手のニットセーターを着ていたという。ならば着ぶくれしていたはずだ。犯行後もそれを着たままだったとしたら、ますます男児の証言からは遠ざかる……。

「千寿留ではなく、手提げバッグの女に絞って足取りを追うべきかもしれませんね」

「赤ん坊の足首に痣があった。そう大家の嘉野は証言しているな」

いまこちらが発した言葉に取り合う気は、風間にはまるでないようだった。

「だがクリニックの院長は、虐待は考えられないと言っている。きみはどっちの言い分を信じる？」

「どちらかと言えば院長の方です。彼女が叶多ちゃんを虐待しているとは、どうしても思えません」

千寿留の様子を間近で見たかぎり、それが偽らざる本心だ。しかし、だとすると足首についていた「誰かにつけられた痣」とはいったい何だろう。

「しかし指導官」

――嘉野が見たという痣は、つまり千寿留の虐待疑惑は、浦真殺しと何か関係があるのでしょうか。

そう訊こうとして、すんでのところで言葉を飲み込んだ。少しでも疑問があれば徹底的に調べろ。そのように先日言われたばかりだ。

「何だ」

聖子は慌てて質問を変えた。

「どうにかして、強制的に叶多ちゃんの体を調べることはできませんか」

「難しいだろうな。そこまでの証拠はない」

裁判所の許可があればできるはずだが、いまの段階では令状は出さないだろう。

「ただし、児童相談所による一時保護なら裁判所の審査は不要だ」

虐待があったという確固たる証拠がなくても、それが疑われる場合には、児童相談所長の判断のみで子供を調査することができる。そう風間は説明した。

「どうだ、児相にあたってみるか？」

しばらく考えてから、聖子は答えた。「それは、したくありません」

「ほう。ガッツのあるきみにしては、えらく消極的だな」

あれほど子供を大事にしている女に、虐待の疑いをかけるなど、とてもできない。いくら捜査のためとはいえ、そんな行為に出れば、千寿留の心に消えない深い傷を残す結果になるだろう。

風間に聞かれないよう注意しつつ、聖子は一つそっと溜め息をついた。

えらく消極的。そこまで言われたついでだ、思い切って自分の真意を風間に伝えてしまおうか。

——わたしをこの事件から降ろしてもらえませんか。わたしには、あの千寿留という被疑者を追い詰めることができないと思います。

自分も同じシングルマザーだ。警察学校を出て交番に配属されたばかりの年に、二十ばかり年上の男と関係を持ち、子供を授かった。その男は出産前に行方をくらませた。結局、母親以外に誰の助けも借りずに男児を産み、多忙の中で苦労しながら育ててきた。

千寿留の境遇は自分に重なりすぎるのだ。彼女を厳しく追及することなど、とてもできそうにない……。

だが踏ん切りがつかず、この言葉もなかなか口に出せないままでいると、風間がブレーキを踏んだ。

着いた先は浦真の家だった。

往来に車を停め、そこから浦真宅を見ていると、ときどき窓の前を、亜麻色の髪をした背の高い女性が行き来していた。彼女が外国人であることは、この位置からでも一目で分かる。

彼女は寂しげな様子で、浦真の作った皿の一枚一枚を手にしているようだった。

「あれは……浦真の婚約者ですね。たしか名前はラウラといいましたか」

「そうだ」

被害者にも家族はいたのだ。夫になるはずだった男性を失い、妻になれなかった女性は苦しんでいる。そんな当たり前のことが、自分には見えなくなっていた。

被疑者に対し過度な同情を寄せてしまったことを、風間には見透かされていたようだ。だから彼は無言で教えてくれたのだ。被害者の立場を忘れるなと。

――分かりました、やらせてください。

胸の内で聖子が答えると、それを読んでいたかのように風間は、間髪容れず言葉を被《かぶ》せてきた。「きみの見立てでは、千寿留はクロかシロか」

「……クロです」

いま直感はそう告げている。

「〝手提げバッグのスリムな女〟はどうした」

「その人物よりも、千寿留の方が怪しいと思います」

「動機は？」

聖子はふたたび浦真宅へ目を向けた。

ラウラは浦真の子を欲しがっていたという。だが病気の後遺症で不妊であるため、自分で産むことはかなわない。そのあたりの情報はラウラ自身への事情聴取で明らかになり、こちらの耳にも入っている。

それなら、浦真はどう行動したのだろうか……。

「もしかして、浦真と千寿留の間で親権の争奪戦のようなものがあったのではないでしょうか」

千寿留は経済的に余裕がない。そのため不利な状況に立たされた。このままでは子供を奪われてしまう。

追い詰められた彼女には、浦真を殺すという選択肢しかなかった。我が子を奪われてしまうとなれば、人を殺《あや》めるぐらいはしてしまう。もちろん全ての女性について言えることではないが、総じて母親とはそういうものではないのか。少なくともそれが、妊娠と出産を経験した自分なりの実感だ。

「逮捕できるだけの証拠は摑《つか》めそうか」

「それは……いまのところは難しいようです。面目ありません」

「これまでの捜査を思い返せ。すでにヒントは出そろっているぞ」

風間は現場に臨場した瞬間に事件を解決してしまう——そう県警内部では噂《うわさ》されていた。たぶん彼には、千寿留を追い詰める方法がすでに見えているのだろう。

だが風間道場の目的は犯人逮捕だけではない。むしろ後進の育成が本当の狙いなのだ。だから、すぐには答えを教えてはくれない。その代わり、解決につながるヒントをそれとなく示してくれる。

自分たち新米刑事は、その謎めいたヒントから答えを自力で導きだすことにより成長していかなければならない。

聖子は、先ほどの千寿留への事情聴取を思い返してみた。

ふと、気づいたことがあった。

――おしめの交換を手伝いますよ。

そう二度も申し出たのは、実はいずれも風間の目配《めくば》せがあったからだ。

叶多に接触しろ。そう風間は言っているのかもしれない。するとやはり、事件解決の鍵はあの嬰《えい》児《じ》が握っているということか……。

6

マタニティブルーも一段落したらしく、今日は朝から気持ちが落ち着いていた。
《工芸家殺害事件の発生から、はや三週間が経《た》ちました。捜査は続いていますが、現場で目撃された〝手提げバッグのスリムな女〟の行方は、まだ摑めておりません》
テレビから流れてくるワイドショーの音声も耳に心地いい。警察は見当違いの犯人を追っている。このままいけば逃げ切れるとの確信が十分にあった。
テレビを消したのは、携帯電話が鳴ったためだった。
《カナくんは元気なの？》
母親からだ。声にはわずかに険が含まれていた。自分に対して苛立っているのだ。助産師を生業《なりわい》としながら、あろうことか自分の娘の出産に立ち会い損ねた。それがまだ許せないようだ。もちろん、病院でも実家でもなくアパートなんぞで産んだ娘に対しては、それに倍するほどの怒りを感じている。

「元気だから心配しないで。——それからお母さん、何度も謝ってるでしょ。いい加減水に流してってば」

《また孫の顔を見たくなっちゃってね。許してほしかったら、早くもう一度カナくんに会わせてよ》

「ごめん。あと少し待ってて。今日も忙しいの」

叶多が生まれた次の日、母親に連絡したところ、彼女はリハビリ中にもかかわらず、理学療法士を伴って無理やりこのアパートへ駆けつけてきた。ちょっと目を離した隙に、母は自分の手で叶多を抱こうとしていた。もう少しで左の足首を見られるところだった。

あれ以来、母は何度か訪問したいと言ってきているが、すべて断っている。

母は矢継ぎ早に育児のアドバイスをいくつか並べ立て、一方的に電話を切った。玄関のチャイムが鳴ったのはその直後だ。

廊下に立っていたのは聖子だった。

「ちょっとよろしいでしょうか」

「どうぞ」

この女刑事には不思議と心を許せるような気がして、また部屋に通した。

聖子は叶多の顔を見ながら口を開いた。「赤ちゃんの顔と大人の顔が最も大きく違う点をご存じですか」

「いいえ」

「赤ちゃんの顔は左右対称なんです」

なるほど。言われてみればそうだ。

「なのに、大人になると顔が歪《ゆが》んでしまう。なぜだか分かりますか」

「さあ」

「人の顔って、作り笑いをしたり、気取ったり、ごまかしたりしているときは、左右対称ではなくなるんです。そういう経験を積み重ねるから、どんどん歪んでいくんです」

ふと千寿留は考えた。浦真を殺したあと、自分の顔は以前よりもどれぐらい歪んでしまったのだろう……。

「ところで、叶多ちゃんはもう外出しても大丈夫でしょうか」

「そうですね。問題ないと思います。そろそろ外の世界を見せてやろうかな、と思っていたところですし」

「ちょうどよかった。では、いまから出掛けませんか。よろしければ、捜査のために協力していただきたいんです」

「分かりました。どこへですか」

「浦真さんの家へ」

7

警察車両のハンドルを握りながら、聖子は後部座席に声をかけた。

「正直なところ、わたしは浦真さんを憎んでいます」

この言葉が唐突すぎたせいだろう。ベビースリングで胸の前に叶多を抱いた千寿留は、バックミラーの中で目を丸く見開いた。

「……どうしてですか」

「この市の場合、自治体が分娩費用を負担してくれる助産制度があります。それから出産育児一時金という制度もあるんです。そういうことを丹念に調べて知ってさえいたなら、金銭的に余裕がないシングルマザーでも、どうにか赤ちゃんを産んで育てていけるものなんです」

ごくりと千寿留の喉が動いた。

「それに、親権の争いに直面した母親が未成年者の場合、未成年後見人の指定を行うことで、父親側に子供を奪われるのを防ぐ手立てもあります。そうした措置を講じておけば、家裁で争いになったとしても、あなたが不利になることはなかったと思います」

「あの、いったい何の話をし――」

「そうした知識は人生経験がないと身につかないものです。だから千寿留さん、あなたが知らなかったとしても責められない。むしろ、あなたの無知をいいことに、うまく言いくるめようとした浦真さんの方こそ卑怯《ひきょう》です」

千寿留は黙り込んだ。ただ、バックミラーを介して送ってくる上目遣いの視線だけは強烈だった。

浦真宅へ到着した。千寿留はややふらつく足で車を降りた。

その肩を抱くようにして、聖子は親子をリビングへと導いていった。そこにはラウラの姿はなかった。彼女には一時的に家の外へ出てもらっている。代わりに待っていたのは風間だった。

「はっきり申し上げます」聖子は千寿留の正面に立った。「我々は、あなたが浦真さん殺害の犯人だと思っています」

千寿留は、はっ、と嘲笑じみた息を吐きだした。

「待ってください。警察は〝手提げバッグのスリムな女〟を追っているんじゃないんですか」

「マスコミ向けには、そのように発表しています。それは間違いではありませんが、じつは違います」

「間違いではないが違う？　意味が全然分かりませんけど」

「その意味は、もうすぐに理解していただけるはずです。とにかく我々にとって本当のターゲットは、萱場千寿留さん、あなたなんです」

「わたしは認めません。だとしたら証明してください。証拠を出して」

「分かりました。その前にまず、我々が調べたかぎりで、犯行時の様子を再現してみますから、それをご覧になってください。――千寿留さんは、つまり当時はまだ妊娠していたあなたは、灰皿を持って浦真さんにこうしました」

凶器の灰皿のつもりで、聖子は自分のスマホを手に持ち、頭上に掲げた。風間を浦真に見立て、彼の頭部にそれを振り下ろす真似《まね》をする。

「浦真さんはよろけました」

風間がたたらを踏みながら後退してみせる。

「そして背中を壁にぶつけてから絶命した。その衝撃で、壁の棚に飾ってあった皿は床にばらばらと落ちました」

いま棚には、段ボールで作った皿のダミーが飾ってあった。所轄署の警察官の手を借りて作ったものだ。本物の皿はいったん別の場所に退避させてある。

聖子は段ボールの皿を棚から手で落としてみせた。

「あなたは自分の痕跡を消してから逃げようとしました。しかし、そうはいかなかった。なぜなら、このとき予想もしなかった事態に見舞われたからです」

「……何ですか、その事態というのは」

「産気づいたんです。精神的なショックのせいで急に」

千寿留は繰り返し瞬《まばた》きをした。一度始まった目蓋《まぶた》の上下運動は、すぐには止まらなかった。

「あなたは強い陣痛のため、動くことができなくなりました」

聖子は自分の腹に手を当て、その場にうずくまってみせた。

「誰かに助けを求めようにも、傍らには殺したばかりの浦真さんの死体があります。これでは救急車を呼べません。そこであなたは決断しました。この場所で出産するしかない、と」

千寿留はようやく瞬きを止めた。今度は指先をベビースリングの布地に深く食い込ませる。

「そしてこうも思ったことでしょう。産めば体形が変わる。ならば、この家を出て自分のアパートに戻る際、万が一誰かに姿を見られても問題がない。自分は世間的には妊婦として認知されているのだから、体形の変化は格好のカモフラージュになる。そういう算段もあって、産む決心が固まった」

千寿留がベビースリングごと叶多をきつく抱きしめた。無意識のうちにそうしたようだった。何かに縋《すが》りつかなくては息もできないという様子だ。

「もちろん、赤ちゃんと胎盤が出てくれれば、それらに付着した体液が床の絨毯についてしまいます。だから出てきたものを受け止める容器のようなものが必要だった。幸い、それはありました」

聖子は段ボールで作った大皿を指さした。例の直径が五十センチほどもある薄緑色の皿。あれを模して作ったものだ。

「壁から落ちた皿がここに転がっていた。それを利用することにしたんです。――ところで出産するにはいろんな体勢があります。こういうポーズも珍しくありません」

聖子は段ボールの大皿を膝立ちで跨《また》いでみせた。

「たぶん、あなたはこういう姿勢で出産した。先日お会いしたときには『一月二十一日に自宅で産んだ』と証言しましたね。ですが、それは嘘です。本当はその前日に、この家で産んだんです」

千寿留は全身を震わせはじめた。ベビースリングを抱いたままだから、揺らすことで赤ん坊をあやしているようにも見える仕草だった。

「一通りの調べでは、この絨毯からあなたの体液は検出されなかった。だから破水せずに、胎児は運よく羊膜に包《くる》まったまま出てきたのでしょう。破水したとしても、この皿の深さなら、あなたの胎内から出た固体も液体も全部受け止められたと思われます」

千寿留の震えは止まらない。

母親の異変を察してか、叶多が小さな声で泣きはじめる。

「あなたは新生児と胎盤を、着ていたニットセーターで包んだ。そして、この家にあった手提げバッグのなかに入れ、現場を離れた。赤ちゃんが泣いたかもしれませんが、その声は当時吹いていた強い風でかき消された」

風間が千寿留に向かってソファを指し示し、そこへ座るように促した。

「浦真さんの家を出てすぐのところを、隣家の男児に見られています。しかし、出産で体形が元に戻り、〝手提げバッグのスリムな女〟となったあなたには何の問題もなかった。むしろ目撃されたと知ったとき、それを歓迎すらしたでしょう」

千寿留は倒れ込むようにしてソファに身を沈めた。

「ただ、立ち去る前に、あなたはもう一つ仕事をしました。バスタオルの類を敷く余裕もなく出産したため、この皿には体液が付着してしまった。それを風呂場で念入りに洗い流したんです。だからこの皿だけは埃を被っていなかった」

「そんなの……」

半ば虚《うつ》ろな目で、千寿留は言葉を絞り出した。

「全部、あなたの想像でしょう。もっとはっきりした、証拠を出してよ」

「いいでしょう。この部屋に飾ってある皿はどれも木と金属の組み合わせで出来ていること、そして金属部分に浦真さんの名前が英語で浮き彫りにされていることはご存じですね。この大皿にもです。では、金属の特徴は何だか分かりますか？」

千寿留は答えなかった。もう言葉が出せないようだ。ただ息苦しそうに喘《あえ》いでいる。

「熱の伝導率がいいということです。この大皿は煙突のすぐそばにあった。煙突は煙道火災のせいでかなりの高温でした。ですから、金属の部分もすごく熱くなっていたはずなんです」

聖子は千寿留のそばでしゃがんだ。そうして、ベビースリングの中で細い泣き声をあげている嬰児の顔と目の高さを合わせた。

「もし生まれたばかりの叶多ちゃんの体のどこかが、その金属部分に触れていたら、そこを火傷したかもしれません。もしかしたら浮き彫りにされている文字が、裏返しになって皮膚に焼きつくようなかたちで」

ここで千寿留は観念し、がっくりとうなだれた。

「お子さんをお借りします。いいですね」

力なく頷いた千寿留から叶多を預かり、ベビータイツを脱がせた。

左の足首を調べると、思ったとおり、浦真幹夫の名前の一部が火傷痕として残っていた。

ＭＡＭＡ
反転してもきちんとそう読めるブロック体の文字が、聖子の目には、あたかも犯人を告発するメッセージであるかのように映った。

第五話　闇中《あんちゅう》の白霧

1

名越哲弥《なごしてつや》は自宅の冷蔵庫を開けた。

そこから取り出したのは、小さなチャックつきのパッケージ袋だった。中身の粉末は薄く緑がかった黄色をしていた。譬《たと》えて言うなら、きなこにそっくりの色だ。

この粉末は間違っても口に入れてはならないものだから、食べ物と一緒にしておくことは心理的に嫌だった。だが、湿気を防ぐには冷蔵庫に保管しておくのが最もいい。

パケ袋を持ってリビングに戻った。

テーブルの上には、すでに点鼻薬《てんびやく》が準備してあった。S製薬の「ノーズエース」だ。容器である白いミストボトルの容量は五十ミリリットル。

ノズル部分を何度かねじって取り外した。そうしてボトル内の薬液にパケの中身を少しずつ溶かし込んでいく。

目分量で約五百ミリグラム。これぐらい入れておけば十分だろう。

粉末は少し余った。このまま捨ててしまうのはちょっと惜しい。

名越はもう一度キッチンへ足を向け、炊飯器を開けた。保温してある米飯を指先ですくい取り、ピンポン球より一回り小さい握り飯を作って皿に載せる。

その皿を持ってベランダに出た。

マンションだが一階ということもあり、このベランダにはよく鼠《ねずみ》が出没し、鉢で育てているシャコバサボテンの葉や茎を無遠慮にかじっていく。

名越は皿をサボテン鉢のそばに置き、握り飯の上に粉末の残りを振りかけてからリビングに戻った。

できれば使わずに済ませたい。そう願いながら点鼻薬をポケットに入れ、外出する準備にとりかかる。

まず、マスクで口と鼻を覆った。顔を隠す目的もあるが、そうでなくても先日から風邪気味だから、これは外に出るときの必需品だ。

そして伊達《だて》眼鏡をかけ、キャップも目深に被《かぶ》った。

玄関口に置いた鏡に姿を映し、ぱっと見には人相が分からなくなっているかどうかを確かめる。

ドアをロックし、マンションを後にした。

駅に向かう大通りに出る。だが、少し歩いたところで足を止めた。

本当に戸締まりをしてきたかどうか、いきなり不安になったせいだ。しっかり確かめてきたつもりだ。とはいえ万が一、それがただの思い込みで、実はロックをし忘れていたら……。

部屋のなかには、これまでの商売で稼いだ千万単位の現金が置いてあるし、人に見られたらまずいブツも、まだいくつか捌《さば》ききれずに残っている。

腕時計に目をやった。午後四時まであと少ししかない。

小田島澄葉《おだじますみは》と約束した時刻が迫っている。

それでもかまわず、名越は来た道を戻った。

息を切らして自室の前に立ち、ドアノブを回してみると、間違いなくロックされている。

ふうっと深く息を吐き出し、また駅に向かって歩きはじめる。

澄葉の家は三駅先だ。

車内は空《す》いていた。座ることもできたが、名越はドア付近に立った。ハンカチを一枚挟んで吊《つ》り革を握る。

電車を降りた。

ホームの監視カメラに顔が映らないよう、終始うつむいたまま駅の出口を目指す。

気がつけばもう九月も後半だ。夕方は肌寒いと言ってもいいくらいだから、帽子にマスク、黒縁眼鏡で首から上を覆い隠していても、誰にも怪しまれることはないだろう。

駅を出た。ここから澄葉の家まではそう遠くない。オフィス街に近い場所でもあるが、土曜日だからすれ違う人もいなかった。ただ一人、テニスかバドミントンのラケットケースを肩にかけた中学生の男子と一瞬目が合っただけだ。

【あなたを自由にしてあげる】

そんなメールが澄葉から届いたのは、昨日の夜だ。

そのすぐ後で彼女から電話があった。

――《メール見てくれた？》

――「ああ。だけど信じていいのか？」

――《もちろん。その代わり、明日の夕方、一緒に最後の食事をしない？》

――「分かった」

返事は即答だった。一刻も早く澄葉と話をつけ、縁を切りたかったからだ。

駅から五分も歩かないうちに、「小田島」の表札の出た一戸建ての前まで来ていた。

同居していた母親が先ごろ亡くなったため、澄葉はいま、この家に一人で住んでいる。

外見は真四角。澄葉の自宅はいつ見てもシンプルなかたちをしていた。家は凹凸のないほうが傷まないと聞いたことがある。この家も建ってから二十年ぐらいだと澄葉から聞いていたが、新築と言っても信じる人がいるかもしれない。

名越は指先をハンカチで包んでからインタホンを押した。

《どうぞ、入ってきて》

澄葉の声がしている最中に、鍵が内部からの遠隔操作で解除される音がした。

ドアノブもハンカチでくるんでから開ける。

リビングに入っていくと、澄葉は部屋の片づけをしていた。

「母のものを処分しないとね。取っておいても邪魔なだけだから」

ひと月ぶりに見る澄葉は、前よりかえって太ったようだった。母親の死が心労になって食も細くなっているのではないかと思っていたが、そんな気配は微塵《みじん》もない。

「がらくたでも高値で買ってくれる中古屋さん、どこか知らない？」

やはりこの女にとって興味があるのは金だけで、家族の思い出など二の次らしい。

「さあな。ネットオークションにでも出したらどうだ」

「やっぱりそれが一番かな。——で、そっちの調子はどうなの？」

「相変わらずだ。オープン準備で走り回っているよ」

このたび、いま住んでいるマンションからほど近い雑居ビルに、自分の事務所を構えることにした。業務内容はネット通販。営業を開始するのは来月の頭からだ。来週からは注文してある事務用品の検品作業で忙しくなる。秋分の日前には、段ボール箱が山と届くはずだ。

「何よりじゃない。まあ、今日ぐらいはゆっくりしていってよね」

澄葉はリビングを出て隣のキッチンに入っていった。

「どうぞ座って。いまコーヒーを淹《い》れるから」

彼女が背中越しに投げてよこした声に従い、名越はリビングの椅子に腰を下ろした。

壁に設置された液晶テレビが夕方のニュース番組を流している。いま取り上げられているのは、海外で起きた暗殺事件だった。どこかの国でスパイのような仕事をしていた人物が、亡命した先の国で、ポロニウムなる放射性物質を飲まされ、約三週間後に死亡したらしい。

「消してもいいかな」

テレビは嫌いだった。映像で暇をつぶすなら、ネットの動画サイトをサーフィンしている方がまだましだ。

「どうぞ」

テーブル上にあったリモコンを手にし、電源のボタンを押したが、画面は消えなかった。

「電池がなくなってるみたいだぞ」

「じゃあ交換してもらえる？　戸棚のなかにあるから」

戸棚から新しい電池を取り出し、古いのと交換してから画面を消した。

「ありがと。――はい、お待たせ」

目の前に澄葉がコーヒーを置いた。それを一口飲んでみたが、お世辞にも美味《うま》いとはいえなかった。まるで粘土を溶かしたような味がする。

風邪のせいで、いまはこっちも鼻詰まり気味だ。そのため舌の感度も鈍っているのかもしれない。もう一度カップに口をつけたが、やはり変な味がして、それ以上は飲むのをやめておいた。

「ごめんね、ちょっと苦かったかな」

そう言いながら、澄葉はティッシュペーパーで洟《はな》をかんだ。その紙を片手で屑籠《くずかご》に放り投げ、もう一方の手でテーブルの点鼻薬を手にする。

S製薬の「ノーズエース」。慢性鼻炎を患うこの女には欠かせない薬だ。

そのノズルを、澄葉は左右の鼻腔《びこう》に粗雑な手つきで突っ込んだ。勢いよくスプレーしてから、不機嫌な野良犬のように眉の付け根に皺《しわ》を寄せ、薬液を奥まで吸い込んでいる。

「ちょっと肌寒いけど、空気を入れ替えるね」

澄葉は窓を開けた。小さな庭にツツジの生垣があり、その隙間から東隣に建つ家が間近に見えている。

「待たせてごめんなさい。そろそろ届くと思うんだけど」

テーブル上には料理がまだ準備されていなかった。

近くの洋食屋から配達してもらうつもりのようだ。澄葉は料理などいっさいできない。もう三十五歳にもなるくせに、食事はずっと母親に作ってもらっていた女だ。

「さっきテレビで暗殺のニュースをやっていたね。ポロニウムで殺されたってやつ」

「ああ」

「知ってる？　ポロニウムの発見者って、あの有名なキュリー夫人とその旦那なんだよ。奥さんの方がポーランド人だったから、そういう名前をつけたわけ。今回の暗殺に使われたのは、ポロニウム210という同位体で、質量で毒性を比較すると青酸カリの数十万倍らしい。つまりは猛毒。だけど摂取した量によっては即死ではなく、いまのニュースみたいに三週間も延々と苦しんでから死ぬ羽目になる」

「さすがに詳しいな」

自分も毒物の類に関しては、まんざら素人ではないつもりだが、澄葉の知識量にはかなわない。

「けっこう怖いんだよ。内部被曝《ひばく》をするとね、つまり放射性物質が体のなかに入っちゃうと、細胞が死んでDNAも壊れるから、がんになりやすくなる。おまけに嘔吐《おうと》、下痢《げり》、頭痛、発熱、脱毛、倦怠感《けんたい》と、ありとあらゆる体調不良に見舞われちゃう」

「分かった。もうそのぐらいにしてくれ」

風邪で体のコンディションを崩しているいま、できれば聞きたくない話だった。

「わたしもね、憎たらしい相手を始末するなら、すぐには殺さない。ゆっくりとじわじわ時間をかけて、体のなかから少しずつ死んでいってもらう。そういう方法を選ぶ」

いきなり女が真顔で放った台詞《せりふ》に、名越は驚いた。

「ああ、おかしい」澄葉は笑った。「なにびびってんの。安心してよ。メールにも書いたけれど、本当にあなたとのコンビは解消してあげるから。これからは自由に生きて」

そう言いながら、彼女は自分の耳を触った。

「そうか。ありがたいよ。——ちょっとトイレを貸してもらえるかな」

名越は顔を洗い、洗面所に準備されていたペーパータオルで額の汗を拭き、首すじに垂れた水の雫《しずく》をぬぐった。

——やるしかないな。

使ったペーパータオルは、屑籠ではなくズボンの尻ポケットに入れ、トイレから戻る。

澄葉が背を向けた隙に、名越は今度は別のポケットに手を入れた。ハンカチを介した手で、そこから持参した「ノーズエース」を取り出す。

それを彼女が使っていたものとすり替えた直後、玄関のチャイムが鳴った。ようやく料理が届いたらしい。

二人で食事をしているあいだ、名越は一つ一つ思い返してみた。自分が今日、ここで何に触ったかを。

先に食べ終えた澄葉が背を向けてもう一度茶の準備をしているあいだ、それらにハンカチを当て、指紋を確実にぬぐい去っていく。

その作業を終えると、食後の茶は遠慮し、名越は澄葉の家を辞した。

時刻はちょうど午後五時だった。

来たときと同じように人相を隠し、足早に東の方——駅へと向かい、終始うつむいたまま帰りの電車に乗った。

マンションに戻ると、まずはベランダに出て、握り飯を載せた皿がどうなっているのかを調べてみた。

案の定、米飯の量が半分ぐらいに減っている。

そして皿の傍らには、焦茶色の大きな鼠が一匹、死骸になって転がっていた。

2

紙谷《かみや》朋浩《ともひろ》は廊下からキッチンを覗《のぞ》いた。

姉夫婦がこちらに背を向けている。姉は食器棚からシャンパングラスを出し、義兄はガスコンロの前で肉の焼き加減に気を配っていた。

七月に県北の中規模署から県警本部の捜査一課に栄転したため、姉夫婦が簡単な祝いの席を設けてくれた。それには感謝しているが、食事の準備が遅れているせいで、こちらはすっかり手持ち無沙汰の状態だ。

手伝いましょうか。その一言をかけようかと口を開く。しかし客として呼ばれているのだから、かえって失礼になると思い、結局声は出さなかった。

そのうち背後の気配に気づいたらしく、姉が振り返った。

「待たせてごめんね。もう少しでできあがるから、それまで佑《たすく》の相手でもしててくれないかな」

「分かった」

紙谷は二階にある佑の部屋へと向かった。

ノックをして室内に入ると、小学五年生の甥《おい》っ子は、学習机に向かって何やら工作のようなことをしていた。

机上には二十センチ四方ぐらいの発泡スチロールの容器があった。底は浅い。覗いてみたところ、白い四角形の物体がいくつか敷き詰められている。薄く湯気が立っているから、たぶんドライアイスだろう。

「佑くん、もしかして叔父さんにアイスクリームでも食べさせてくれるのかい」

発泡スチロール容器の隣には、食品用の透明なプラスチックの容器――いわゆるタッパーウェアも置いてある。だから、何か食べ物を作る実験でもしているのかと思ったのだ。

「アイスじゃないよ。作ってるのはウィルソンのキリバコ」

甥の口から返ってきたのは聞いたことのない言葉だった。「ウィルソン」は外国人の名前で、たぶん「キリバコ」とやらを発明した学者だろうと見当がつく。しかしその「キリバコ」とはどういう代物なのか。

「キリバコを知らないの？　叔父さんも理科の授業で習ったでしょ」

「いいや、そんな覚えはないな。教えてもらえるかい」

「やだ。それは完成してからのお楽しみ。実験するから見ていて。――叔父さん、暇だったら容器の底に黒い紙を置いてよ」

テーブルの上には黒い画用紙も準備されていた。それをタッパーウェアの大きさに合わせて切ってから底に敷く。

タッパーの方は、発泡スチロールの箱より少しサイズが小さめだ。透明度が高く、中身がよく見える容器だった。

「そうしたら、アルコールでその紙を濡《ぬ》らして」

霧吹きに入った消毒用のアルコールも準備されていたから、それを使って言われたとおりにした。その作業が済むと、佑はタッパーウェアに蓋をし、ドライアイスの上に載せた。そして懐中電灯を手にして、学習机の下に潜り込んだ。どうやらできるだけ暗い場所の方が実験しやすいようだ。

紙谷もしゃがんで机の下に顔を突っ込んだ。

「よく見ててね」

佑が懐中電灯のスイッチを入れ、タッパーに横から光を当てた。

紙谷も佑の手元に目を近づける。するとそこには不思議な光景が出現していた。

タッパーのなかにときおり妙な白い線が見えるのだ。イトミミズのような、煙のような、あるいは小さな飛行機雲のような線だった。

いや、もっと正確に言えば、これは霧の線だ。すると「キリバコ」は「霧箱」の意なのだろう。

その点には合点がいったものの、どうして霧の線が発生するのかは皆目分からない。

「この白い霧の線は、つまり何なんだい」

「放射線」

「まさか」

「本当だよ」

地面や建物が放射線の発生源になっていることは知っていた。人体からも微量だがそれが出ているらしいとも聞いている。だが、こんなふうにして観測できるとは初耳だ。

「それが見えるってのは、どういうわけかな」

「アルコール蒸気が過飽和状態になっているから、そのなかを放射線が通ると霧が発生するわけ」

分かったような分からないような説明だ。いまの口振りからしておそらく佑も、学校で先生から聞いた話の受け売りをしただけで、それ以上の原理は頭に入っていないようだ。

「でもなあ、そもそも放射線を測定したければ、市販の検知器を使った方が早いだろう」

検知器の価格はそれほど高くない。県警本部捜査一課の刑事部屋にも備品として置いてあるぐらいだ。

「それじゃあ味気ないよ。手作りの道具ってところが面白いんだから。それに検知器だと数字が出るだけで、こうして目に見えるわけじゃないし」

たしかに佑の言うとおりだ。

「外で観察してみようかな」

机の下から出て玄関へと向かう佑の背中を、紙谷も追った。

途中でまた台所を覗き、「庭にいるから」と姉に声をかけてから三和土《たたき》でサンダルをつっかける。

そうして外に出ると、佑はもう門の近くにしゃがんで霧箱を覗いていた。

さっきまでは晴れていた空が、いまは厚い雲に覆われている。もっとも、このぐらい暗いほうが放射線観測にはもってこいに違いない。

紙谷も佑の隣でしゃがんだ。

せっかくだから、この様子を記録しておこうと思い、紙谷はスマホの動画撮影アプリを起動し、

レンズを霧箱に向けた。と同時に佑が、

「あれっ」

頓狂な声を出した。

いままでは箱の中を白い線が数秒おきにひゅんと飛ぶだけだったが、その量が急に増えたからだ。

これには紙谷も驚いた。

「学校で見たときより、ずいぶん線の量が多い。こんなにはっきり観測できるのは珍しいと思う。

これはベータ線だね」

霧箱内の線量がひときわ多くなったとき、すぐ前の通りで誰かの足音がした。来客かと思い、紙谷は顔を上げたが、門前には人の姿はない。ただの通行人が横切っていっただけのようだ。

目を霧箱に戻すと、ほどなくして放射線の量はまた元に戻ってしまった。

「ベータ線てのは何だい」

「放射線の種類の一つだよ。簡単に言うと放射線には、アルファ線とベータ線とガンマ線の三つがあるんだ。そのうち霧箱で観察できるのはアルファ線とベータ線の二つ。アルファ線は太くて短い線。ベータ線はそれより細くて、少しカーブした線になって見える」

いま霧箱に多数現れた線は細くてカーブしていたから、佑の言うとおりベータ線と見てよさそうだ。

「じゃあガンマ線はどうやれば観察できる？」

「霧箱では無理だよ。だけどガンマ線はベータ線を弾《はじ》きとばすから、そのベータ線なら見える」

「だったら、いまみたいにベータ線がたくさん見えたら、近くでガンマ線が発生しているかもしれないわけだな」

そのとき玄関ドアから姉が顔を覗かせた。

「お待たせ。はじめましょう」

リビングに戻り、佑も交えてのささやかな栄転祝いが始まった。

「朋浩くん、本部捜査一課への栄転、おめでとう」

義兄の言葉に笑顔で応えようとしたが、どうしても頬が強張《こわば》ってならなかった。

紙谷本人としては、本当のところ嬉《うれ》しさよりも緊張感が先行していた。本部へ引き抜かれたのはもちろんありがたいが、同時に、風間道場の門下生に選ばれてしまったためだ。

「家族のなかに犯罪者と闘うヒーローがいるなんて、すごく誇らしいよ。こうなったら、ぜひ〝千枚通し〟を逮捕して大手柄を立ててくれよな」

義兄はビールの泡を唇につけたまま、呑気《のんき》にそんな言葉を口にした。

このあたりに、一般人と刑事との温度差がある。

いま県下を騒がせている通り魔事件は、一年半ほど前から断続的に起きている。そのたびに人々が話題にするため、なかなか風化しない。だから義兄のような普通の県民が、犯罪者という言葉から真っ先に連想するのは〝千枚通し〟のような存在なのだ。

つい最近も、二十五歳の大学院生が肩を、五十四歳の主婦が首を、それぞれ錐状の凶器で刺される事件が相次いで起きたばかりだ。肩はともかく頸部に受傷した後者は命が危ぶまれたが、幸い死亡には至らなかった。

二つの事件とも〝千枚通し〟の犯行と見られており、これで被害者の合計は六人となっている。

〝千枚通し〟の正体は、かつて風間を襲撃した十崎《とざき》という男らしい。それはすでに県警での統一見解だ。

　言うまでもなく、刑事犯を追うのが警察の大きな仕事の一つだが、特に被害者が仲間内だった場合、その追跡ぶりは苛烈を極める。文字どおり、地の果てまで追い詰める気概で犯人を捜す。

　一度だけ、〝千枚通し〟捜査チームの部屋を覗いたことがある。ドアを開けたとたん、室内に漲る殺気のせいで肌が粟立ったものだ。

　それも頷ける話だ。よりにもよって十崎が襲った相手は、県警ではすでに伝説的な存在となっているあの風間公親なのだから。

　ぽつぽつと水滴の音が耳に届くようになったのは、テーブルを囲んでから一時間もしたころだった。雨が降ってきたようだ。

　半開きになっているリビングの窓を閉めようと、紙谷は立ち上がった。そのとき、ツツジの生垣の隙間から、西側にある隣家の様子がちらりと見えた。

　そこの住人もまた窓を閉めようとしているところだった。三十半ばの女だ。

　と、その女の姿がふっと掻《か》き消えた。足元から頽《くずお》れるように昏倒《こんとう》したのだと分かった。

　反射的に、紙谷は姉の家を飛び出し、隣家へと走っていた。

　表札に「小田島」と出ているのを確認し、呼び鈴を押したものの返事がない。

　雨に濡れながら庭に回り込んだ。先ほど姉の家から目にした窓の方へ向かう。

　そこから内部を覗き込んでみたところ、やはり先ほどの女が床に倒れていた。

「どうしましたっ、大丈夫ですかっ」

女は口から涎《よだれ》を垂らしていた。体を痙攣《けいれん》させてもいる。

紙谷はスマホを取り出した。救急車を呼ぶと同時に、自分の職場――警察にも連絡を入れる。

ほかに家人はいないのか。屋内に向かって大声を出したが返事はない。女は一人暮らしのようだった。

ガス臭がしないことを確かめ、紙谷は靴を脱いで窓から入りこんだ。落ち着けと言い聞かせ、警察学校で習った救命の手順を必死に思い出しつつ、女性に人工呼吸を施す。

女性の痙攣は救急隊がかけつけたときには、もう止まっていた。救急車に同乗してきた医師が死亡を確認したため、病院への搬送は見送られた。

少し遅れて最寄りの交番から警察官が駆けつけ、その後、機動捜査隊の刑事たちも臨場した。

紙谷は気をつけの姿勢で迎えた。彼らのなかに指導官である風間公親の姿もあったからだ。

「まさかきみが事件の第一発見者になるとはな」

風間は、まるで犯人を見るかのようにぎろりと睨《にら》んできた。瞳の向きが左右でわずかにずれている。右目が義眼だからだ。

「こうなると、責任はより重大だぞ」

「分かっています」

答えると同時に、冷たい汗が背筋を流れていった。第一発見者になってしまった以上、いまから事情聴取を受けなければならない。

こちらの胸中を読んだように風間は言った。

「きみの聴取はわたしが担当しよう。新門下生の人となりを知るいい機会でもあるからな」

はいと答えたつもりだが、上手《うま》く声にならない。緊張で目が眩《くら》むような思いだ。

「その前に簡単なテストをしてみようか。――殺しの場合、誰をまず疑うのが捜査の鉄則だ？」

「被害者の近親者です」

「ほかには」

「最大の利益を得る者。あるいは事件後にすぐ引っ越した者などです」

「もっとあるぞ」

焦点の定まり切らない不気味な視線。そいつを早くおれから外してくれ。そう強く願いながら紙谷は口を開いた。

だが、次の答えは見つからない。

「第一発見者だ」

喉の奥が冷たくなった。

「なぜそう言われているか分かるか」

「それだけ第一発見者というものは、本当は犯人なのに、捜査を混乱させようと第三者のふりをして通報してくるケースが多いから、ということでしょうか」

「そうだ。きみは間違っても事件を混乱させるなよ」

3

目の前には段ボール箱が山と積まれていた。

デスクワゴン、シュレッダー、ブックエンド、救急箱、クリップケース、小型加湿器、その他細々とした文房具……。

誰もいない雑居ビルの一室で、名越はガムテープを切るためのカッターを手にした。注文していた事務用品が間違いなく全部届いているか、今日のうちに検品しておきたい。

手始めにパソコンに接続するストレージの箱を開ける。その際、緩衝材として使われていた新聞を捨てようとして、気がつくと一つの記事を読み進めていた。

【国内のネットオークションのサイトで、ウランとみられる放射性物質が売買されていた。警視庁が押収し、研究機関が分析したところ、劣化ウランまたはイエローケーキと呼ばれるウラン精鉱であることが分かった。本来は厳しく管理されている放射性物質であるが、現在ダークウェブ上では不法に売買されている。出品者は警察に「海外の闇サイトで購入した」と説明しているという】

「ネットオークション」「ダークウェブ」「闇サイト」。〝前職〟の習性で、これらの単語へ反射的に視線が行くようになっている。

その新聞紙を大型のゴミ袋に捨て、口を結んだあと、名越は大きな溜《た》め息《いき》をついた。強い疲れを感じたせいだ。

風邪が治って味覚は戻ってきたものの、相変わらず体調は思わしくない。何か別の病気に罹《かか》ったのだろうか。医者の診察を受けたかったが、仕事が忙しくなってきたのでそうもいかなかった。

少しのあいだでいいから、せめて体を横たえたい。即席のベッドを作ろうと、まだビニールがかかったままのオフィスチェアを二つ並べる。

来訪者を知らせるチャイムの音がしたのは、そのときだった。

事務所のドアを開けると、二人の男が立っていた。一人は白髪で年の頃は五十前後と見える。もう一人は三十手前といったところか。

名越は、若い方の顔を目にして、おやっと思った。かすかに見覚えがある相手だったからだ。記憶を探る。どこでこの男と会ったのか……。

思い出して驚いた。澄葉を殺した先週の土曜日だ。ツツジの生垣の隙間から、東側に建つ隣家の窓に、この顔を一瞬だけ目にしていたのだ。

二人が差し出した名刺を受け取った。体がだるいせいで、たった二枚の小さなカードすら重く感じられる。

若い方の名刺には、県警のマスコット・キャラクターが印刷されていた。思ったとおり刑事だ。名前は年嵩《としかさ》の方が「風間公親」。若い方が「紙谷朋浩」。所属は……。

目が霞《かす》んで読めなかった。氏名なら大きく印刷してあるからすぐに判読できるが、所属の文字となると、それが「県警本部捜査第一課」であると分かるまで、何度か瞬《まばた》きを重ねなければならなかった。

「お忙しいところすみません」口を開いたのは紙谷の方だった。「お訊《き》きしたいことがありますので、ちょっと入れていただけませんか」

名越は開業準備中の事務所に二人を招じ入れ、

「お座りください」

事務用デスクと椅子を手で示した。デスクにも椅子にも、まだビニールのカバーがかかったままだ。

二人の刑事はビニールカバーの上から腰を下ろした。

名越は茶を淹れた。自分は冷たい水が欲しかった。このところ、喉が渇いてしょうがない。

「今日もお仕事ですか？」

「ええ、まあ。出ているのはわたしだけですが」

今日は秋分の日だから、五人雇ったスタッフには全員休んでもらっている。だがこっちは社長だからのんびりしてはいられない。営業の開始まであと一週間ほどしかないのだ。

「この女性をご存じですか」

デスクを挟んで向き合うと、紙谷が一枚の写真を見せてきた。これは運転免許証のものだろうか、写っている澄葉はひときわ不愛想な表情をしている。

「知っています。小田島澄葉さんですね」

「そうです。お二人のご関係はどのようなものでしたか」

紙谷の声がよく聞き取れなかったため、名越は耳に手を当ててみせた。

「お二人のご関係は？」

「ああ。以前交際していました」

「以前とおっしゃいますと、いまは？」

名越はコップの水を呷《あお》った。たった二口で空になる。

「わたしの方から別れ話を切り出しましてね。するとこのメッセージが返ってきました」

名越はスマホを取り出し、【あなたを自由にしてあげる】の文面を見せてやった。

「それはつまり」紙谷は少し照れたような顔になった。「男女関係を解消したという意味でよろしいのですね」

「ええ」

名越は嘘《うそ》をついた。自分にとって澄葉は、あくまでも裏ビジネスのパートナーという存在でしかない。長い付き合いだが、男と女の関係になったことなど一度もなかった。なるわけがない。澄葉は、異性としては、まるで自分の好みから外れていた。

「実は小田島さんの携帯電話にあなたへのものと思われるメールが残されていましたので、こうして訪ねてきた次第です。――異性として交際していたのは分かりました。失礼ですが、それだけのご関係ですか」

「そうです」

「小田島さんの家に行かれたことは？」

「はい？」

また紙谷の言葉を聞き取り損ねた。

「小田島さんの家に行かれたことは、これまでありますか」

「もちろんありますよ」

だから自分の頭髪や体毛が現場から出てきても、「それは以前に落ちたものだ」と言い逃れができる。

悩ましいのは指紋だ。指紋なら、古いものか新しいものか、詳しく調べれば分かってしまう。もっとも、あの日澄葉の家で触れたものについてはすべて、ハンカチで念入りに拭いてきたため問題はない。それに、いいタイミングで雨が降ってくれたから、もし自分の足跡が現場付近に残っていたとしても、きれいさっぱり消えてくれたことだろう。

「五日前――先週の土曜日のことですが、小田島さんが亡くなりました。それはご存じでしたか」

「はい。テレビのニュースで知りました。毒を飲まされたと聞きましたが」

「テレビの報道ではそうなっていました。しかし、正確にはちょっと違います。飲まされたのではなく、〝粘膜から吸収させられた〟のです。点鼻薬にアコニチンが混入されていました。S製薬のノーズエースという薬です」

「点鼻薬に毒ですか。珍しい手口ですね。――自殺ではないんですか」

アコニチンの粉末は以前の商売で密《ひそ》かに手に入れておいたものだった。

アルカロイド系の毒を点鼻薬に入れるやり方は、古い推理小説で読んで前から知っていた。どうせ絵空事だろうと思っていたが、海外で実際にその方法によって殺人事件が起きたことを耳にし、実効性のある手口なのだと驚いたものだ。その記憶が頭にあったから、自分でも使ってみる気になったのだ。

「ええ。遺書がありませんでしたし、翌日以降も予定がいくつか入っていたようですから」

「なるほど」

「それに、小田島さんがその毒物を買ったという記録はないんです。入手経路がまるで分からないわけです。ですから他殺と断定しました」

「そうですか」

喉の奥で痰《たん》が絡んだ。ティッシュに吐き出し、ゴミ袋に捨てて口を結び直した。

とたんに、ゴミ袋の中身が気になりだした。本当は廃棄してはいけないものを、間違ってこのなかに放り込んだのではないか。そんな疑念が、どす黒い叢雲《むらくも》のように胸中に広がっていく。

名越は先ほど結んだゴミ袋の口をまた開けた。

「わたしはさっき『点鼻薬に毒が混入されていた』と言いましたが、もっと詳しくお伝えすると、小田島さんの点鼻薬が、アコニチン入りのものとすり替えられていたようです」

「そうですか」

返事が上の空になった。いまはゴミ袋のなかを漁《あさ》ることの方が大事だ。

「彼女は普段から一日に何度も点鼻薬を使用していたことが、生前通っていた耳鼻科医の証言から分かっています。すると、すり替えられたタイミングは死亡の直前とみて間違いありません」

「理屈からすれば、おっしゃるとおりですね」

「土曜日の夕方、あなたはどこで何をしていましたか」

ずばり切り込んだつもりらしいが、紙谷の物腰にはまるで迫力が欠けていた。これがもし隣にいる風間ぐらい貫禄《かんろく》のある男の口から出た言葉だったら、体の芯がぞっと冷たくなっていたことだろう。

「自分のマンションにいましたよ。残念ながらアリバイを証明してくれる人はいませんが」

「分かりました。——話は変わりますが、ここは名越さんがこれからお開きになる事務所ですよね。どんなお仕事をなさるんですか」

「いわゆる貿易業です。以前から輸入雑貨のネット通販を一人で細々とやっていましたが、少し手を広げようと思いましてね」

本当を言えば、一人ではなく澄葉と二人でやっていた。そして〝輸入雑貨〟とは海外の闇サイトを通して仕入れた違法な商品だった。

澄葉とはオンライン・ゲームで知り合って意気投合した。名越の方から声をかけてコンビを組んだ。

澄葉は語学に堪能《たんのう》だった。英語はもちろん、中国語とスペイン語、それにロシア語の読み書きができた。ちょうど海外の闇サイトから違法な薬物を仕入れて一儲《ひともう》けを企《たくら》んでいたところだったため、彼女の能力がどうしても欲しかった。

澄葉との商売は狙い通り上手くいった。

薬物をはじめ、毒物、児童ポルノ、凶器……。上手くやりさえすれば、法の網をすり抜けて、海外からあらゆるものが手に入った。

一番売れるのは薬物だった。通販感覚で手軽に買えるから、客にしても手を出しやすいのだ。

——二人とも儲けるだけ儲けたよな。このあたりで袂《たもと》を分かとう。おれは足を洗う。

最近になって名越の方からそう切り出したのだが、澄葉は「もっと金が欲しい」と言って拒んだ。お互い譲らず、このところはずっと緊張した関係が続いていた。

そのうち澄葉が「あんたが足を洗うなら警察にタレこむ」と言い出した。冗談でも洒落《しゃれ》でもなく、本気の発言であることは、少しも笑っていない澄葉の目を見ればよく分かった。

裏仕事に誘ったのはこっちの方で、澄葉は従犯どまりだ。タレこまれて困るのがどちらかは考えるまでもない。

できれば殺さずに済ませたかった。だが……。

——メールにも書いたけれど、本当にあなたとのコンビは解消してあげるから。これからは自由に生きて。

　そう澄葉が言ったとき、彼女は自分の耳をしきりに触っていた。あれは本心を隠しているときの癖なのだ。長年付き合ってきたのだからよく分かる。

　殺したことは後悔していなかった。

　澄葉との仕事では、一つの取引が終わるたび、証拠の隠滅に細心の注意を払ってきたのだ。そう簡単に立件されることはないと確信していい。

　例外は、ビジネスパートナーである澄葉自身だ。あいつの口だけは、この闇仕事について微に入り細を穿った証言ができるのだ。彼女こそ、他のどんな証拠にもまして、是が非でもこの世から消去しなければならない存在だった。

「ネット通販の仕事ですか。そういえば、いつかの新聞に、ウランをインターネットの闇サイトで買ったという話が出ていましたね」

「ええ、知っています」

「一般人でも簡単にあんなものが入手できるのですから、ネット社会とは恐ろしいものです」

「まったくですね」

「ありがとうございました。では、今日のところはこれで失礼します。今回の事件について、何かお気づきのことがあれば連絡していただけますか」

「もちろんです」

　答えながらゴミ袋の中身を確認し終えた。大丈夫だ。大事なものは何一つ捨ててはいない。ただし、袋の口は結ばないでおいた。また確かめたくなるかもしれない。

辞去の意を告げた刑事たちを事務所の出入口で見送ろうとしたとき、

「失礼」

冷え切ったような低い声とともに、いきなり手が伸びてきた。これまでずっと黙っていた風間の手だった。

彼の指がこちらの襟元から何かをつまみ上げる。

「これがついていました」

頭髪だった。四本、いや五本もある。自分の髪の毛であることは、長さから見て間違いない。

「……すみません。ありがとうございます」

こんなものを受け取るのもちょっと妙だが、この場に捨てるわけにもいかないし、刑事たちに持っていかれるのも心理的に嫌だった。

ドアを閉め、頭髪をゴミ袋に捨てた。

とにかく風間がいなくなってほっとした。あの男の視線を感じている最中、ただでさえよくない体調が、いっそう悪化したように感じられてならなかったからだ。

4

乗ってきた捜査車両は、ビル近くのコインパーキングに停めてあった。

そこまで風間と一緒に戻る途中、小田島澄葉の死に顔が目の前に浮かんだように思った。

だが、それは一瞬だけのことで、涎を垂らしたデスマスクは、すぐに意識から消えていった。

凄惨な事件の第一発見者になるとＰＴＳＤ――心的外傷後ストレス障害にかかり、目にしたものがふいにフラッシュバックしたまま、なかなか消えないケースが多いらしい。しかし、自分の場合はそうでもなさそうだ。風間と一緒にいる緊張の方がずっと勝っているせいかもしれない。

それにしても風間道場とは……。

思えば、とんでもないところへ放り込まれたものだ。県警捜査一課の先輩たちを差し置き、経験の浅い新米をいきなり本命の被疑者にぶつけるというのだから、普通に考えればありえない話だ。道場生として活動してみて痛感したことは、ここは体力以上に胆力が試される場だということだった。

前を歩いていたその風間が、急に足を止めた。くるりと振り返る。

「どうしました」

返事はなかった。

冷え冷えとした視線を無言で当てられ、たまらず俯《うつむ》きそうになる。

じっと顔を見られていたのは五秒ほどか。感覚的にはその何倍の長さにも感じられた。風間は体の向きを戻し、ふたたび同じペースで歩きだした。

歩道沿いに小さなカフェがあった。店舗のガラス窓に自分の顔を映してみる。寝不足のせいで目の下に隈《くま》ができていたのか。それともだらしなく鼻毛でも伸びていたか……。

しかし、ぱっと見たかぎり顔まわりの身づくろいに問題はなさそうだ。

「名越を見た印象を話してみろ」

その問いかけは、斜め前を歩く風間の口から肩越しに発せられた。

「――はい。年齢はまだ四十二ということですが、もしかしたら、もう老眼がはじまっているんでしょうかね」

「というと?」

「最初に名刺を渡したとき、細かい字を読むのに苦労していました。目が霞んでいたのか、あるいは二重に見えていたのかと思います」

「いいぞ。ほかには」

「こちらの質問を何度か訊き返されました。聴力が衰えているか、耳鳴りがよくするのではないでしょうか」

「それから?」

「しきりに水を飲んでいましたね。喉の渇き方が普通より早いと思います」

「なかなかいい観察眼だ」

口では褒めたが、風間の口調は「もっとあるだろう」と次の答えを促している。

「痰も吐いていました。しかし喉が痛いふうではありませんでしたから、風邪ではないと思います」

「もう一つ忘れているぞ」

風間は自分の襟元を軽く叩《たた》いてみせた。

「そういえば、襟に髪の毛が五本ばかりついていましたね。あの調子なら抜け毛が多そうです」

「ということはつまり?」

「体調があまりよくない、ということになります。思い返してみると、なるほど体がだるくて疲れやすいといった様子でした。これは勘でしかありませんが、ただの過労とは違って病気のように見えました」

だとしたら何の病気だろう。気にはなるが、そこを探ったとして、名越が犯人であることの証拠につながるのだろうか……。

「それに、名越は明らかに狼狽《うろた》えていたな」

「ええ。闇サイトの話をしたときですね」

それには紙谷もはっきり気づいていた。

もしかしたら、「一人でやっていた」という以前の仕事では、何かよからぬものを仕入れて売っていたのかもしれない。

もし彼が澄葉を殺した犯人なら、動機はそのあたりにあるとも考えられた。過去に犯した咎を隠そうとして新たな罪に手を染める。フィクションじみた話だが、実際のところそのような事件は案外多い。

「名越が動揺したのはそのときだけだと思うか？」

「……と言いますと」

「もう一度あっただろう、闇サイトの話が出る前にだ」

そうだろうか。まったく気づかなかった。

「我々と会ってすぐ、きみの顔を見たときだ。そのときの方が二度目よりもはるかに彼の驚きは大きかった」

「――まさか。本当ですか」

「ああ。だからきみの顔に異変があると思ったが、そうでもないようだ」

それが先ほど凝視された理由だったか。

「しかし呆《あき》れたよ。まるで気づかなかったとはな」

このとき、街をパトロール中の制服警察官が近づいてきた。ちょっと行った先に交番がある。そこに詰めている巡査だろう。

警官は敬礼をしてきた。もちろん風間に、だ。彼の顔を県警内で知らない者はいない。

風間は目で挨拶を返し、その視線をこちらへ向けてきた。

――交番勤務に戻るか。

すっと細められた目がそう言っている。

「すみませんっ」

つい大声で謝っていた。

「きみは名越と、以前どこかで会っているのか？」

そう訊かれても戸惑うしかなかったが、ふと気づいたことがあった。

「もしかしたら先週の土曜日かもしれませんね。名越が隣にいて、生垣の隙間からわたしを見たが、わたしはそれに気づかなかった。そういうシチュエーションならありえたと思います」

「だろうな。それがどういう意味か分かるか」

自分は事件の第一発見者のみならず、被疑者のすぐ近くにいた人物でもあるということだ。こうなると責任はますます重い。

「どうやら、この事件の最大の目撃証人はきみのようだな」

「……承知しています」

「あのとき何を見て何を聞いたのか、全部思い出せ、ありとあらゆることをだ」

紙谷は目を閉じた。

「名越がきみを目撃したように、きみもやつを見ていたかもしれない。意識しないうちにな。だとしたら、その痕跡が何らかのかたちでどこかに残っているとも考えられる。それを探し出せ」

風間の言葉はとてつもない無理難題のように思えたが、とりあえず必死になって土曜日の記憶を探っていく。

だが、やはり名越に結びつきそうな手がかりなど、一つも思い出せそうになかった。

「あの時間帯に、きみにとって最も印象的な出来事は何だった」

その質問にならすぐに答えられる。「あの日は姉夫婦と食事をしながら、甥っ子の相手をしていました」

「ほう。何歳の子だ」

「十一歳、小学五年生です」

「続けろ」

「指導官は『ウィルソンの霧箱』というものをご存じですか」

「知っている」

「甥がそれを作ったので、放射線を観測しました。あれほど簡単な装置でそんなことができるというのを知り、わたしは不思議でなりませんでした。甥が言うには、たしか『アルコール蒸気が過飽和状態になっているから、そのなかを放射線が通ると霧が発生する』という理屈らしいのですが、そもそもどうしてそうなるのかが分かりませんでした」

「放射性物質は荷電粒子《かでんりゅうし》を放出するからだ。荷電粒子が通った跡には、イオンが糸のようにつながって残される。このイオンが核になり、過飽和の蒸気が凝結するわけだ」

今度はこちらが風間の顔を凝視する番だった。いまのように、専門的といっていい理系の知識さえも淀《よど》みなく説明できるのが刑事指導官というものなのか。それとも風間という男の能力が特別なのか。

「早い話が、飛行機雲ができる原理と同じだと思えばいい。続けろ」

「――はい。もう一つ不思議なことがありました。庭に出て観測していたとき、急に放射線の量が増えたんです」

風間がすっと短く息を吸った気配があった。

「調べてみますと、雷や風で放射線の量が変わることならあるらしいのですが、あのときは雷も落ちなければ、風も吹いていませんでした。にもかかわらず、急にベータ線がたくさん現れたんです」

そこまで言ったところで、はっと思い出した。その様子を撮影していたことを。

紙谷は慌てて懐に手を入れ、自分のスマホを取り出した。件《くだん》の動画を再生させ、それを風間に見せる。

動画を見終えると、風間は顎に軽く指を当てながら言った。

「雷も鳴らなければ、突風も吹かなかった。それは分かった。ではこのとき、他にきみの近くで起きた出来事は何かなかったか？」

「他に……ですか」

紙谷はふたたび頭を抱えた。

「思い出せそうにないか」

「はい。すみません」

「ではまた姉の家に行ってこい。──記憶を思い出したければ再現が一番だ。当時の場所で当時と同じ動きをもう一度やってみろ」

「そうします」

「きみの目から見て名越はシロだと思うか、それともクロか？」

「クロだと思います」

紙谷個人ではなく、それが捜査陣全体の見解でもあった。だが決定的な証拠はまだつかめていない。

先週の土曜日、小田島宅の方向へ歩く人物を目撃した者がいた。バドミントン部の活動を終えて帰宅の途に就いていた男子中学生だ。その子の証言によると、背格好は間違いなく名越なのだが、肝心の顔は帽子やマスクのせいではっきりしないのだった。

「そういえば、さっき見た名越の行動でもう一つ気になる点がありました。ゴミ袋を何度も確認していたことです。やつには強迫性障害の気があるのかもしれません」

「わたしもそう睨んでいる」

「強迫性障害の症状はいろいろとあるようですが、なかでも洗浄屋、確認屋、迷信屋という俗称で呼ばれる三つが最も代表的だと聞きました」

「それに沿っていえば、名越は確認屋だな」

「ええ。すると、いまも現場の様子が気になってしょうがないでしょうね。本当にちゃんと証拠を始末してきたのか、もう一回確かめたくて、しかたがないのではないでしょうか」

「そうだ。だから十中八九、名越はきみのところへ連絡をよこすはずだ。『現場を見せてほしい』とな」

「何か適当な理由をでっち上げて、ということですか」

「ああ。そのときは遠慮なく見せてやればいい。尻尾をつかめるかもしれん」

「分かりました」

風間を本部へ送り届けたあと、紙谷は姉の家へ向かった。

先週土曜日の夕方、佑と一緒にそうしたように、門の前にしゃがみこむ。

記憶を思い出したければ再現が一番——先ほど授かった風間からの教えは、簡《かん》にして要《よう》を得ていた。あの日のあの時刻、この場所で放射線の量が急に増えたとき、何が起きたのか、すぐに思い出すことができたのだから。

横切っていったのだ。門前の通りを、誰かが。

5

今日も体調が悪く、疲れが酷《ひど》い。

名越は鏡の前でまた咳《せき》をした。髪に櫛《くし》を当ててみると、いつにも増して抜け毛が多いようだ。

朝のうちに事務所のスタッフに電話を入れ、午前中は休むと伝えておいた。もうすぐ午後一時になる。早く顔を出さなければならないが、まだ体が重くてしょうがない。

しかも、体調以上に気がかりなことがあった。

澄葉を殺して以来、ずっと不安でしょうがないのだ。ドアノブ、コーヒーカップ、食器……。触ったものはすべて頭に入れ、間違いなくハンカチで拭き取ったはずだ。だが、本当に指紋を一つも残してこなかったのだろうか、あの家に。

現場に戻って確認したい。その思いを我慢しているのがつらかった。不安を何度打ち消そうとしても、見落としがあった気がしてならないのだ。悪い胸騒ぎは、昨日刑事たちの訪問を受けてから、いっそう強くなっている。

澄葉の家では、たしか洗面所を使ったはずだ。使い捨てのペーパータオルはどうしたろうか。まさか屑籠に捨ててはこなかっただろうな……。

大丈夫だ。ペーパータオルはズボンの尻ポケットに入れたのだ。そして帰宅してから処分した。

強迫性障害。これは自分の短所に違いないが、また長所でもあった。この確認癖があったせいで、十年以上も続けた違法な商売を一度も摘発されることなくやり遂げることができたのだから。

――安心しろ。

無理に言い聞かせ、またベッドに体を横たえた。

だが次の瞬間、名越は飛び起きていた。

昨日、刑事から渡された名刺を取り出し、受話器を取り上げる。指の動きももどかしく、紙谷の番号を押した。

「昨日お会いした名越です」勢い込んで言った。「気づいたことがあってお電話しました」

《ほう。どんなことですか》

「たしか小田島さんは、秘密の交友関係リストを作っていたはずです。家のどこかに隠してあると思います。もしかしたら、そこから容疑者が見つかるかもしれません」

《それは興味深い。ぜひ探してみましょう》

「もし可能でしたら、わたしも現場に入れてもらえませんか。付き合いの長かったわたしなら探せると思います。こっちは、これからすぐにでも大丈夫です」

《……お待ちください》

風間と相談しているのだろう。しばらく間があった。

《では一時間後に現場で落ち合いましょう》

「承知しました」

仕事が忙しかったが、かまってなどいられない。

社員に電話をかけ、「このまま外出する」と早口で告げ、あの日と同じように電車で澄葉の家へ向かった。

紙谷はすでに来ていた。だが風間の姿はない。

「今日は紙谷さんお一人ですか。風間さんはどうされました?」

「風間はちょっと所用がありまして、わたしだけ立ち会わせてもらいます」

「そうですか。――で、現場にあるものには手を触れてもいいんですよね」

「はい、かまいません」紙谷が答えた。「指紋採取は全部終わっていますし、全室の写真も撮ってありますので。ただし、できるだけ急いでもらえますか」

急げ? なぜだろう。

急《せ》かされる理由は不明だ。だが、紙谷の口調に悪意じみたものは感じられなかった。それどころか反対に、思いやりがこもっていたと言っていい。

「分かりました。——もしかしたら、ここかもしれませんね」

いい加減なことを言いながら、まずはキッチンに行き、流しの下を開けてみた。もちろん〝秘密の交友関係リスト〟など存在しない。この現場にもう一度入るためのでまかせだ。

「……ありませんね」

天袋や食器棚を漁るふりをしながら、名越はテーブルの上にちらりと視線を送った。

——あった、テレビのリモコンが。

リモコン自体についた指紋は間違いなくきれいに拭いておいた。拭き忘れたのは内部の電池だ。あれを交換したのを完全に失念していたのだ。

さすがに警察も電池の指紋にまでは注意が回っていないだろう。だが、これからその点に気づいて調べる可能性は十分にある。

しゃがんでいた名越はいちかばちかで、立ち上がった拍子にわざとよろけ、テーブルに体をぶつけた。

テレビのリモコンが床に落ち、上手い具合に電池の蓋が外れる。

「大丈夫ですか」

リモコンを紙谷が拾おうとしたが、タッチの差で名越の方が先にそれを手にしていた。紙谷の前で、これ見よがしに電池に触りながら蓋を嵌め直す。

これで問題なしだ。あとはいくらでも言い逃れができる。

胸を撫《な》で下ろす思いで名越は紙谷に顔を向けた。「すみません。やはりリストは見つからないようです」

「そうですか。残念ですね。では引き上げましょうか」

玄関から出たところで紙谷が訊いてきた。「これからどちらへ?」

「駅へ戻ります」

「ではこちらの方角ですね」

玄関から通りへ出て、東へ向かって数メートル歩いたときだった。

「名越さん」

誰かに呼ばれた。紙谷ではない。別の人物の声だ。

「ちょっとよろしいですか」

底冷えのするようなその声には聞き覚えがあった。間違いなく風間のものだ。しかし——。

名越はあたりを見回した。彼の姿はどこにも見当たらない。

「ここです。小田島さんの東隣の家です」

いまちょうど、その家の門前を通り過ぎたところだった。声の位置からして、風間はたぶん門を入ってすぐのところにいるのだろう。

「こちらへ来ていただけませんか」

名越は紙谷と顔を見合わせた。

紙谷は平然としている。彼はこういう展開になることを知っていたようだ。

「あなたを呼んでいますね。さあ、行ってみましょうか」

紙谷から背中を押されるようにして、名越は東隣の家の門に向かった。

思ったとおり門を入ってすぐのところに風間が待っていた。

彼は両手で箱のようなものを持っている。その中にあるのはドライアイスの上に置かれたタッパーウェアのようだが、この道具や風間の行為が何を意味しているのかは、まるで分からなかった。

「うまくごまかせましたか、電池の指紋は」

風間の言葉に耳を疑った。

「我々は」紙谷が言葉を引き取った。「もちろん電池の指紋には気づいていました。だが蓋で保護されていると、指紋はなかなか劣化しないんです。ですから古い指紋でも、新しいものと間違って鑑定されることがある。こうなると裁判になったとき、証拠能力が認められないおそれがあります。そこで我々としては、もっと特別で決定的な物証が必要だったわけです」

一方的に話す紙谷の言葉に、名越はついていけなかった。

ここで風間は、持っていた箱を紙谷に手渡した。

それを受け取ってから紙谷は続けた。

「名越さんには強迫性障害がおありのようだ。いわゆる〝確認屋〟タイプのね。その確認癖が幸いし、あなたは現場に電池の指紋以外の痕跡を残しはしなかった。しかしその代わり」

紙谷は手にした箱に視線を落とした。

「現場の痕跡があなたに残ったんです」

「待ってください」

名越は声を絞り出した。

「さっきから刑事さんの言っている言葉の意味が、わたしにはさっぱり分からないんですがね。――いったい何なんです、『現場の痕跡』というのは」

「知りたいですか。ではこれをご覧ください。答えはここにありますから」

紙谷がどこからかフラッシュライトを取り出し、箱の中のタッパーに横から光を当てる。

名越もそれを覗き込み、軽く目を瞠《みは》った。底に黒い紙の敷かれたタッパーのなかに、ひゅんひゅんと飛び交う白い線がいくつも見て取れたからだ。

「……何なんです、これは」

「この箱は『ウィルソンの霧箱』と呼ばれているものです。ひとことで言えば観測する装置ですよ、放射線を」

「ほうしゃ……？」

紙谷の口から飛び出したのは、まるでこの場にそぐわない言葉だったため、どう反応していいか分からない。

「ご存じかもしれませんが、放射線にはいくつか種類がありまして、こうして観測できる動きも、その種類ごとに決まっているんです。この動きはベータ線ですね。しかしこれは異常な多さです。これほどの線量は普通ではありえません。――ところで、この放射線の出どころはどこだと思いますか」

「知るわけないでしょう、そんなこと」

「名越さん、あなたの体ですよ」

「まさか」

「本当です。もっとも、ベータ線の場合、それを発する放射性物質が体内にあっても、皮膚を透過するほどの力はないらしいんです。だから、おそらくあなたの体から出ているのは透過力のあるガンマ線だと思います。ガンマ線はベータ線を弾き飛ばすため、こうして観察できるんです」

「信じられない。こんな玩具《おもちゃ》で何が分かると言うんですか」

「そうおっしゃるのでしたら、今度はこれで測ってみましょうか」

紙谷は小さな装置を取り出した。

「これは放射線量の測定器です」

測定器だという装置を、紙谷が自分の体に当ててみせたところ、液晶の表示部に数字が出た。その数字をリセットしてから、次に彼は装置をこちらの体に近づけてきた。

表示された数値は、紙谷のものよりはるかに高かった。

「これで納得してもらえたでしょう」

名越はふたたび言葉を失った。どうして自分の体から放射線などという代物がこんなに出ているのか……。

ほどなくして背筋が冷えた。あの土曜日、澄葉の家で何が起きたのか、薄々分かってきたからだ。

「お手数ですが、もう一つ、これも見てもらえますか」

紙谷は霧箱を地面に置くと、今度は懐からスマホを取り出し、動画を再生させた。

「これは先週土曜日の夕方、この場所でわたしがたまたま撮影したデータです。ちょうど甥っ子が作った霧箱で放射線を観察していて、それを撮ったものですよ。——よく見ていてください」

画面のなかで、最初はぽつりぽつりと現れるだけの白い線が、あるときを境に一気に増えた。どの線も、いま実際に見たベータ線と同じ動き方をしているし、量もほとんど変わらない。そうするうちに、増加していたベータ線の量は徐々に少なくなっていき、動画の最初と変わらない状態に戻っていった。

「どうですか。いま霧箱で観察された様子とほぼ同じですよね。これが何を意味するかもうお分かりでしょう。あの土曜日の夕方にも、あなたは、このすぐ近くを通ったのではないか、ということです」

名越は口を開けたが、言葉は出なかった。

「澄葉さんの家を出て駅へ戻るときにね。誰かがここを通ったことは間違いないけれど、わたしは足音しか聞かなかった。しかし、その人物があなただったことは、このとおり体内から出ている放射線が証明している」

紙谷は動画をもう一度再生しながら続けた。

「こんなに放射線を出している特殊な人間が、世の中にどれだけいるでしょうね。これだけ特別で決定的な証拠なら、きっと裁判所も採用してくれると思いますが、いかがですか」

名越は思わず頭を抱えた。手を離すと、両手の指には頭髪がごっそりと絡みついていた。

どおりでこのところずっと体調が悪かったわけだ。

パートナーを殺そうとしたのは、自分よりも澄葉の方が先だったのだ。

おそらく、あの粘土を溶かしたようなコーヒーだろう。ポロニウムかウランか知らないが、あの不味《まず》い飲み物のなかに放射性物質の粉末が入っていたのではないか。

——憎たらしい相手を始末するなら、すぐには殺さない。ゆっくりとじわじわ時間をかけて、体のなかから少しずつ死んでいってもらう。

澄葉の声をまた聞いたような気がした。

「あなたを逮捕する前に」

その幻聴に重なったのは、風間の落ち着いた声だった。

「まずは急いで病院にお連れしましょう」

第六話　仏罰《ぶつばつ》の報い

1

清家総一郎《せいけそういちろう》は、壁に手をついて廊下を進み、台所に入った。

キッチンテーブルに準備しておいたシャンパンクーラー。そのありかを手探りで見つけ出し、ボトルの冷え具合を確かめた。

ラベルの部分には点字のシールが貼ってある。それを中指でなぞり、ドン・ペリニヨンのロゼに間違いのないことも確認した。

氷の音を聞きながら、そのボトルをクーラーから引き抜く。ここまではすんなりいったが、食器棚の前でフルート型のシャンパングラスを探し当てるのにはやや手間取った。

清家は、ボトルとグラスをトレイに載せ、廊下に出た。

照明は点《つ》いているはずだが、目の前にあるのは暗闇だ。一歩一歩慎重に歩を進めながらリビングに戻る。

ソファに腰を下ろすと、それを合図にしたかのように、柱時計が鐘の音を鳴らし始めた。

全部で七回。あと一時間もすれば、あいつがやって来る。

一杯目を注ぎ始めた。

少しだけなら飲んでもいい。自分の適量は分かっている。シャンパンならフルートグラスで三杯まで。そこでストップしておけば、体の動きが鈍ることはまったくない。

これから大変な任務が待っている。ものの数十秒で終わるはずだが、一世一代の、と形容しても過言ではない大仕事だ。

だからアルコールなど口にするべきではないのだが、かといって素面《しらふ》のままでいる気にもなれなかった。緊張をほぐすためにも、自分の最も好きな酒を束《つか》の間《ま》の友としながらそのときを待つのがいいだろう。

外の駐車場でぶわっと耳障りな音がしたのは、二杯目に口をつけたときだった。

まだ八時前だが、待っていた相手が来たようだ。エンジンを止める寸前に、アクセルを空ぶかしする。それがあいつの癖だ。

玄関に人の気配があり、三つの音が続いた。リビングのドアが乱暴に開かれる音。こちらへ近づいてくる気怠《けだる》そうな足音。そして、向かい側の革張りのソファが人の重さでばりばりと凹《へこ》む音。

「今晩は、お義父《とう》さん。調子はどう？　元気？」

甘木保則《あまぎやすのり》の喋《しゃべ》り方は相変わらず軽薄だった。

「一応はな。——ところで、あの癖はやめた方がいいと思うがな」

「何です、『あの癖』って」

「きみはエンジンを止める前に空ぶかしをするだろう。あれだ」

車にキャブレターが搭載されていた昔なら、ガスをキャブ内に残さないようにするため、意味のある行為だった。しかし、排ガス規制が厳しくなったいまでは、その装置はエンジンルームからすっかり姿を消した。いまの時代、空ぶかしなど騒音の原因でしかない。

「昔、自動車学校で教わったからですよ。そうしろってね。文句があるなら、ぼくを担当した教官に言ってください。まあ、とっくに引退していると思いますが」

「とにかく、やめた方がいい。ご近所も迷惑していると思う。いまのように夜の時間帯は特にな。たしか前にも忠告したはずだぞ」

「ああ、そうでした。一度身についた習性ってやつは、なかなか抜けなくていけませんね」

清家は手にしていたグラスをテーブルに置いた。

「娘の様子に変わりはないか」

「ええ。夫婦仲よくやってますよ。ご心配しなさんなって」

紗季《さき》は、どうしてこんな男とくっついてしまったのだろう。もっと強く結婚に反対するべきだった。そう悔やまない日は、この三年間一日たりともない。

「誓いは守ってるな」

「もちろんです。嫌だな、疑ってるんですか」

紗季にはもうけっして暴力は振るわない。そう甘木に誓約させたのは、先月のことだ。約束を破ったらもう容赦はしない、ともはっきり伝えておいた。

「お義父さん、いくら目が不自由といっても、家の中ではそのサングラスを外したらどうです」

「気にしないでくれ。これがないと落ち着かなくてな。それとも、わたしの濁った両目で睨《にら》まれたいのか」

「それも面白いかもしれませんね」

甘木が上半身を倒し、ぐっと顔を近づけてきたのが、空気の微妙な動きで分かった。

「いや、やっぱり遠慮しときますよ。――さて、早いとこ今月分をいただきましょうか」

「いいだろう」

清家は懐に左手を入れた。

いま着ているナイトガウンには、左右に内ポケットがついている。そのうち右側の方から封筒を取り出し、甘木に差し出してやった。

甘木が封筒の中身を嬉々《きき》として数え始めたのが分かった。その下卑た仕草を想像しながら改めてグラスを口に運んだところ、紙幣のカサカサ動く音に「おっ」と感嘆の声が混じった。

「ドンペリじゃないですか。ぼくにも一杯いただけませんかね」

「馬鹿を言え。きみは車で来たんだろう」

「そうですよ。でもいいでしょ、一口ぐらい」

甘木の気配がいったん消えたかと思うと、すぐにまた現れた。台所からグラスを取って来たようだ。普段はぐうたらでも、こういうときだけは動きが早い。

彼は勝手にボトルを引き寄せ、手酌で中身をグラスに注いだようだった。

「この美しいロゼ色。たまりませんよね」

「わたしには見えないがな」

「そうでした。これは失礼」

「もっとも、シャンパンを発明したドン・ペリニヨンという人自身が盲目だったそうだが」

「へえ、そいつは初耳ですよ。さすがに学者さんは博識だ。で、何時から飲んでるんです、お義父さんは？」

「一時間ほど前からだ」

「もしかして、肝臓を悪くしましたか」

「いいや。目が見えていたころよりも、よくなったぐらいだ」

酒を飲み過ぎて肝臓が悪くなると、ガンマＧＴＰという酵素の値が高くなる。しかし、年末に受けた健康診断では、その数値が以前より下がっていた。

「どうしてそんなことを訊《き》く？」

「いや、ずいぶんペースの遅い酒だと思いましてね。一時間も経《た》ったにしては、ボトルの中身がまだこれしか減っていない。お義父さんは前からちびちびやるタイプでしたが、いまもそれは変わらないんですね」

「だからどうした。何が言いたい」

「別に。いまの話は忘れてください」

人を小馬鹿にしたような口調でそう答えた甘木の手元あたりで、このときカチッと音がした。グラスに金属が触れた音に違いなかった。

「指輪を嵌《は》めているな」

「ええ、してますよ。この前ぶらりと入った宝飾店で、たまたま気に入ったのを見つけましたんでね。衝動買いってやつです」

衣擦《きぬず》れの音がした。本腰を入れて飲むつもりか、甘木は上着を脱いだらしい。

「石は何だ」

「ダイヤですけど」

「爪の数は？」

「六本ですね」

「よく見せてくれ」

「この指輪をですか。でも、あなたには見えないでしょうが」

「触らせてくれ、と言ってるんだ。嵌めたままでいい」

清家は前に向かって手を伸ばした。その手に甘木の指が触れる。清家は指先で、甘木の中指に嵌めてある指輪を触った。

「そんなに気に入ったか、この指輪が」

「ええ。死ぬときも身につけていようと思いますね。ぼくの遺体が火葬になったあと、紗季に拾ってもらえば一財産になるんじゃないですか」

「無理だな」

清家は甘木の手を放した。

「なぜです？」

「ダイヤは何度で燃えるか知っているかね」

「知るわけないでしょう、そんなこと。そもそもダイヤが燃えるなんて嘘《うそ》ですよね」

「ダイヤモンドは炭素が結晶したものだ。だから高温では燃え尽きる。約八百度で火がつくんだ。

対して、火葬場の温度は千度前後ある。つまり灰しか残らないということだ。きみの骨と同じようにな」

「はっ」甘木は息を吐き出すように短く笑った。「やっぱり教授様は違う。何でも知っていらっしゃる」

「ところで、いつ買ったんだ？　この指輪を」

「たしか二週間ぐらい前ですかね。でも、お義父さん、どうしてこの指輪がそんなに気になるんです？」

「いや、何でもない」

今度はこちらが「忘れてくれ」と言う番だった。

「ところで、封筒の中身はしっかり数えたのか」

「そうそう。酒が美味《うま》すぎて、うっかり忘れてましたよ」

甘木がふたたび中身を確かめにかかったのが、再び聞こえてきたカサカサ音で分かった。

そのあいだに、清家は右手に革の手袋を嵌めた。

「おっと、困りますね。ちゃんと確認したんですか？　五十万円の約束でしょ。でも四十九枚しかありませんよ」

「変だな。ちょっと待ってくれ」

清家は左手をガウンの右の内ポケットに入れ、わざと渡さずにおいた残りの一万円札をそこから取り出した。

「すまなかった。何かの拍子に、これだけ封筒に入れ損ねていたようだ」

その一枚をテーブルの上に置くと、甘木が手を伸ばしてきた。

だが、彼が触れる直前に、清家は指先で紙幣をずらし、テーブルの縁から下へ落としてやった。

「何やってんですか」

チッ。あからさまな舌打ちを一つ残し、甘木は、足元の絨毯《じゅうたん》に落ちた一万円札を拾い上げるために背中を丸めた。

その間に、清家は右手を懐に入れた。そして左側の内ポケットにしまってあったものを握りながら立ち上がった。

甘木が上体を起こす前に、その背中の一点を狙い、清家は力の限りに得物《えもの》を突き入れた。

2

眼球の奥がひりひりしている。目の疲れがピークに達したようだ。

平優羽子《たいらゆうこ》は、県警の資料室で瞬《まばた》きを重ねた。

二年前から県下では、千枚通しを凶器として使った連続傷害事件が起きている。年齢も性別もバラバラな人間が、断続的に襲われていた。まだ死者が出ていないのがせめてもの救いだ。

警察はすでに犯人の目星をつけていた。いや、人相風体に関する被害者たちの証言から、ほぼそれを断定した段階にあった。

――十崎《とざき》。

風間公親の右目を奪った男だ。

今回の事件で、どの被害者も凶器については一様に、「錐《きり》の部分が短く切ってあった」と証言している。それは、三年前に十崎が風間を襲ったときに使った千枚通しの特徴と合致していた。

あのとき、自分も現場に居合わせた。そして十崎のベルトの内側を触った。

もし、ある事件現場にベルトが遺留されていて、そこから自分の指紋が検出されれば、その事件には十崎が絡んでいることになる。うまくいけばやつの居所を突き止められるかもしれない。

そう考えていたが、現場にベルトが遺留されているケースなど皆無で、この線からの情報はいっこうに上がってこなかった。

千枚通し事件の起きた場所は県内に点在していた。各地の所轄署から上がってきた捜査資料が、ここに揃《そろ》っている。寸暇を惜しんでそれらに目を通す習慣が、いつしかすっかりできあがっていた。

今日も空いた時間を見つけて資料室に足を運んだが、十崎の所在につながる情報はまだ突き止められずにいる。

優羽子は自分のメモ帳を開いた。

そこには、千枚通し事件の被害者六名に関する情報が、性別、年齢、職業、受傷部位の順に書き入れてある。

① 男（六八）、ホームレス、足首
② 女（四五）、会社員、太腿
③ 男（三七）、新聞販売員、脇腹
④ 女（二九）、塾講師、二の腕

⑤　男（二五）、大学院生、肩
⑥　女（五四）、主婦、頸部

このメモからは、一つの規則性を容易に見出すことができた。被害者の性別だ。男女が交互になっているのだ。当然ながら県警は、十崎が次に狙ってくるのは男性だろうとの予想を立てていた。

実は、規則性ならもう一つある。年齢と職業はランダムだと思われるが、受傷部位は違う。十崎の狙う位置は、人体の下部から上部へと、もっと簡単に言えば足の方から頭の方へと上がってきている。

この法則に従えば、次の犠牲者になる男性は顔面のどこかを狙われるのではないか。それは顎か、口か、頬か、鼻か。そうでなければ……。

——目か。

懐で携帯電話が鳴った。

慌てて端末を耳に当てたのは、画面に表示された番号で風間からだと分かったからだ。

《いまどこにいる？》

「四階の資料室です」

《殺しだ。すぐ現場に来てくれ》

はい、の返事が一拍遅れた。

なぜ自分が呼ばれる？　その問いが先に立ったせいだった。

とりあえず優羽子は資料室を飛び出した。捜査一課の部屋に戻り、手の空いている後輩の刑事に運転を頼み、風間に教えられた住所へ向かう。

現場は、本部から七、八キロしか離れていない場所だ。「清家総一郎」の家だという。書店に行けば、科学書の背表紙にその名前をよく見かける。地元の名士ともいえる全国的にも知られた学者だ。

助手席から無線を使って通信指令室に連絡を入れ、通報の内容を確認した。続いて携帯電話で「清家総一郎」とネット検索をかけてみる。そうしながら再び考えた。

すでに風間道場を卒業したはずの自分が、なぜまた呼ばれたのか……。

その疑問におおよその答えを見出《みいだ》したころには、もう現場の近くまで来ていた。

一軒ごとの敷地が広めにとられた静かな住宅街。その角地に清家の家はあった。やや古びてはいるが、建てつけの良さが素人目にも分かる洋風の二階家だ。

車から降り、玄関で頭髪と足元をカバーで覆ってから屋内に入る。

被害者はリビングの絨毯の上に、俯《うつぶ》せの状態で横たわっていた。凶器が深々と突き刺さっているらしく、木製の柄《つか》がワイシャツの背中に見えている。その位置から察するに、心臓を正確に貫いているようだ。

被害者は首を横に向けているため、顔の半分から年齢に見当をつけることができた。三十七、八といったところだろう。首筋に目をやれば、ワイシャツのカラーから青い色がわずかに覗《のぞ》いている。きっちりネクタイを締めているらしい。

死亡推定時刻は、漏れ聞こえてきた捜査員たちの会話から知ることができた。昨晩——二月二十一日の午後八時ごろだという。

検視官はすでに臨場しているが、医師は何かの都合で到着が遅れているようだ。だから正式な死亡の判断は、まだ下されていない段階だった。

優羽子は風間の姿を探した。

大勢の捜査員が入り乱れる現場だが、白髪に義眼の男はすぐに見つかった。誰もが無意識のうちに近寄りがたさを覚えるのか、いつも彼の周囲にだけは独特の空間ができるのだ。それが人混みの中で彼を探す目印になる。

余計な挨拶は抜きにするのが風間の流儀だ。もたもたしていると鋭い質問が矢のように飛んでくる。それが分かっているから、まずはこちらから先に問い掛けた。

「第一発見者は、この家の住人ですか」

「そうだ」風間は死体を見下ろしたまま答えた。

清家総一郎は独り暮らし。その情報はもう得ている。

「通報したのも清家教授だそうですね」

「ああ。それがどんな通報だったか知っているな。簡単に言ってみてくれ」

「はい。《義理の息子が、わたしの家で殺されたようだ》という内容でした」

優羽子は改めて死体を見下ろした。清家の娘婿。この男が甘木保則という名であることもすでに把握している。

「そのとおりだ。ところで、清家は《ようだ》という表現を使っているな。なぜだか分かるか」

「目が見えないからですね」

先ほどのネット検索でヒットした記事を思い出す。

【著名な有機化学者。私立興和文化大学で理学部教授の職にあったが、昨秋、実験中の事故で両目に劇薬を浴び失明し、現在は半ば引退した状態】

その記事にはまた、こんなエピソードも記されていた。

【かつて共同研究者が論文を捏造《ねつぞう》した際、その不正に無関係であったにもかかわらず、自らにも責任ありとして大学に処分を申し出た】

ここで検視官が甘木のそばにしゃがみこみ、凶器をゆっくりと引き抜いた。

被害者の背中から出てきたものを目にし、優羽子は動揺した。千枚通しのように見えたからだ。いや、目の錯覚ではなかった。千枚通しによく似た凶器だ。

——十崎か。

「指導官、報告いたします」

意識を凶器に奪われていたせいで、その声がどこか遠いところから聞こえたように思えた。我に返ると、所轄署の若い刑事が風間の耳に顔を寄せているところだった。

「甘木には詐欺罪で逮捕された経歴がありました。服役もしています」

被害者の身元さえ確認できれば、県警のデータベースで前科の有無を検索できるため、この程度の情報なら即座に上がってくる。

「刑務所には三年いました。詐欺の被害者は十三名。被害総額は約六千二百万円。服役を終えたあとも、甘木は被害者たちにいっさい弁済をしていないようです」

「分かった。ご苦労」

報告を終えた刑事が去っていくと、玄関の方が少し騒がしくなった。

続いて慌ただしい足音がし、興奮した様子でリビングに入ってきた人影があった。四十歳ぐらいの女だ。ベージュ色のコートを身に纏《まと》っている。

「あなたは?」

所轄署の捜査員が誰何《すいか》する。

「清家総一郎の娘、紗季です」

「被害者の奥さんですね」

「ええ。父に会わせてください」

紗季と名乗った女は、濃い色のついた眼鏡をかけていた。大きなレンズで顔の半分が覆われているから、はっきりとは相貌がつかめない。

紗季は、絨毯の上にある夫の体に気づき、それを呆然《ぼうぜん》と見下ろした。だが、それも束の間、すぐに顔を上げ、そばにいた捜査員に詰め寄った。

「父はどこですかっ」

「清家さんなら二階の寝室です」

捜査員が答えるやいなや、紗季は階段を駆け上がっていった。

風間がその様子を見届けたあとで言った。「きみが現場を見て気づいたことは?」

優羽子は床に目をやった。

「何者かが侵入し、逃走した形跡がありますね」

小さな土塊《つちくれ》が玄関からここまで散乱していて、フローリング床の廊下には、かすかに靴跡も見えている。

「詐欺を働いたうえ、その弁済をしていないとなると、被害者たちは甘木に恨みを抱いていたはずです。そのうち一名もしくは数名が侵入し、甘木を殺して逃げた、ということでしょうか」

脳裏には「十崎」の二文字が大きく浮かんでいるが、それを押し隠しての言葉だった。風間の前でその名字を口にするのは、まだ難しい。心理的に抵抗がある。

「どうしてそう思う？　捜査の鉄則は『まず身近な人物を疑え』のはずだぞ」

身近な人物といえば、一番に思い当たるのは清家教授だ。

「すると指導官は、教授が甘木を殺したあと、侵入者があったように偽装工作をした、とおっしゃるんですか」

「そのとおりだ」

「お言葉ですが、被害者は正確に心臓の位置を背中から刺されています。教授は視覚障碍《しょうがいしゃ》者ですから、このように狙いすまして刺すのは不可能です」

ましてや夜ともなれば、なおさら目の不自由さが顕著になるはずだ。

「なるほどな」

「それとも、闇雲に凶器を振り回していたら、偶然に心臓のある位置を貫いた、とでもおっしゃるつもりですか。そんな説明で裁判所が逮捕状を出すとお思いですか」

「分かった。いったん降参しよう。——ところで、その清家教授に我々も会ってみるか。最初の事情聴取をきみに担当してもらいたい」

「ええ。ぜひやらせてください」

階段を上りながら、優羽子はふと思った。もしかして、清家は視覚障碍者であるふりをしているだけで実際は見えている、とは考えられないだろうか……。

風間と一緒に寝室へ入っていくと、七十代と見える痩せた男が椅子に座っていた。

現在の時刻は午前十時を過ぎているが、彼はまだナイトガウンに身を包んでいる。これが清家教授だろう。背中を丸めているせいで、頬に差した影がいっそう濃く見えている。さすがに疲れ果てているようだ。

その傍らに、先ほど到着したばかりの紗季が寄り添っていた。

清家は真っ黒なレンズのサングラスをかけている。視覚障碍者だというからそれは頷《うなず》けるが、晴眼者の紗季まで濃い色の大きな眼鏡で目元を隠しているのはなぜだろうか。

「失礼します。県警の平と申します」

優羽子が告げると、清家がサングラスをこちらへ向けてきた。

「初めまして。わたしが通報した清家です」教授は隣にいる女の肩に手探りで手をかけた。「もうご存じでしょうが、こちらは娘の紗季。甘木の妻です」

さっきは興奮気味だったが、少し落ち着いたらしく、紗季は黙って頭を下げた。

その弱々しい仕草から、彼女が色付きの大きな眼鏡をしている理由にようやくピンときた。あのレンズの下には痣《あざ》か傷があるのではないか。つまり紗季は暴力を――おそらくはＤＶを受けていたのではないのか。

「おつらいでしょうが、捜査にご協力願います。早速ですが清家教授、甘木さんのご遺体を発見したときの経緯をお聞かせ願えますか」

3

昨晩、甘木を殺してから一睡もしていない。

こちらが高齢であることを気遣った所轄署の捜査員は、「少し眠ってはどうですか」と言ってくれた。そうしようかと思ったが、どうしても眠気は訪れなかった。人を殺した興奮がそう簡単に冷めるはずもない。

「父はどこですかっ」

階下から聞こえてきたのは紗季の声だった。

続いて、階段を上る足音と、ノックもなくドアが開く音が続いた。

「お父さんっ」

紗季の匂いを嗅いだ瞬間、張り詰めていた気持ちが少しだけ緩むのを感じた。

何があったの、とは紗季は訊かなかった。もうだいたいのところを察しているに違いない。

ほどなくして、またドアがノックされ、開く音がした。

「失礼します。県警の平と申します」

女の声だった。しかもまだ若い。取り調べにあたる刑事はベテランの男性だろう。なぜか根拠もなしにそう思い込んでいたから、やや意表をつかれた。

甘木の遺体を発見したときの経緯を聞かせてほしい。平と名乗った女性刑事の要望に応え、清家は話しはじめた。

「甘木は、自分で車を運転してこの家へ来ました。それが昨日の午後八時ごろです。彼は無職でしたので、わたしが毎月二十一日に、五十万円の生活費を渡してやっていました。それを取りに来たのです」

「分かりました。ちょっと伺いますが、奥さまである紗季さんは、ご職業をお持ちですか?」

「ええ」平は紗季に訊いたようだが、引き続き清家が答えた。「娘は眼科医です。わたしの主治医でもありますが、いまは事情があって休診中なんです。そのため現在、娘夫婦には収入がありません。ですから、わたしが援助していたわけです」

「口座への振り込みではなく、じかに現金を渡していた、ということですね」

「そのとおりです。以前はヘルパーに頼んで振り込みをしていましたが、ここ数か月は、現金で準備し、取りに来させるようにしていました。甘木にありがたみを分からせるためにです」

清家は、ここでいったん言葉を切った。

平と名乗った女性刑事のほかに、もう一人、別の人物がこの室内にいることが、気配で分かったからだ。こちらは男のようだ。身動き一つせず、ほぼ完全に気配を殺しているところが不気味だった。

「すみませんが、平さん」

「何でしょう」

「あなたのほかに、そこに誰かいらっしゃいますか」

男が静かに放つ不穏な雰囲気がどうしても気になり、そう訊かないではいられなかった。

「申し遅れました」ふいに男の声が答えた。「風間といいます」

「風間さん、あなたも刑事さんですか」

「ええ。どうぞ教授、お話を続けてください」

「はい。甘木は、すぐに帰るときもあれば、夜明けまで居座り続けることもありました。わたしは彼の好きなようにさせていました。昨晩は一緒にシャンパンを飲みましたよ。その後、彼はしばらく居座るようでしたので、金を渡したあと、わたしは早めに二階のこの部屋に引き上げ、寝てしまいました」

サラサラとペンの走る音がした。平がメモを取っているようだ。

「そして、今朝起きたとき、リビングで何かに躓《つまず》きました。手で触ってみると、どうやら甘木の体のようでしたので、驚いてすぐに警察に通報した次第です。その後、娘にも連絡しましたので、こうして駆けつけてくれたというわけです」

「分かりました。——今朝、玄関の鍵はどうなっていました？」

「掛かっていませんでした」

「清家さんが先に休んで、甘木さんが居残るとき、施錠はどうしているんですか」

「甘木には合鍵を渡してあったんです。わたしが先に寝てしまうときは、彼がその合鍵で施錠してから帰るのが常でした」

「そうですか。——これは紗季さんに伺います。犯人に心当たりはありますか？」

紗季はゆるく首を振った。

「分かりません。ただ夫は多くの人から恨みを買っていました。もしかしたら、いつかはあんな最期を迎えるかもしれないと思っていました」

「ありがとうございます」

女性刑事の足音がこちらへ近づいてきた。

「失礼ですが、清家さん、そのサングラスを外していただけますか」

言われたとおりにした。目蓋は両目とも閉じておいた。

「目を開けることはできますか。可能でしたらお願いします」

このとき、またドアが小さくノックされた。

「失礼します。風間指導官、ご報告します」

所轄署の捜査員が一人、部屋に入ってきたようだ。

「先ほど医師が到着しまして――」

捜査員の声が急に低くなった。手で覆いを作り、風間の耳元に口を寄せたのだろう。だが、本人は囁《ささや》いているつもりでも、まだ声が大きく、こちらにも丸聞こえになっている。

清家は、目の前にいるに違いない平へと意識を戻した。

「分かりました。これでいいですか」

平の声がした方を向き、目蓋を開いたとき、捜査員の声が続いた。

「――被害者の死亡《の》が正式に確認されました」

はっ、と息を呑む音がした。隣にいる紗季の喉からだ。

風間が頷いた気配があり、捜査員が部屋から出ていく足音がした。それを聞きながら、清家は平の顔があるだろう位置に向かって、目蓋を開き続けた。

両目とも、わずかな光を感じるだけで、ほとんど何も見えない。

「ありがとうございます。もう結構です」

平の声はわずかに動揺していた。こちらが視覚障碍者であることに幾許《いくばく》かの疑いを持っていたからだろう。

「失礼しました。また何かありましたら伺います。それまでゆっくりお休みください」

女性刑事はそう言い残し気配を消した。風間と一緒に部屋から出ていったようだ。

「お父さんっ」

ふたたび二人きりになると、紗季が手を握ってきた。

「どうしてこんなことをしたの。どうして一言わたしに相談してくれなかっ――」

清家は娘の手を強く握り返した。

「紗季、お願いだから何も言うな。ただそのままじっとしていてくれ」

紗季が目を潤ませた。見えなくても、それがよく分かる。下の目蓋に溢《あふ》れた涙の熱さまで感じられたように思った。

「おまえはいま、眼鏡で顔を隠しているね」

「ええ」

「では外してくれないか。もう一度、おまえの目元を触らせてほしい」

紗季が眼鏡を外したようだった。清家は娘の方へゆっくり手を伸ばし、中指を彼女のこめかみに当てた。

指が湿った。娘の涙は、思ったとおり熱を帯びていた。

「何年か前、まだ母さんが元気だったころ、家族で奈良に旅行したのを覚えているかい。一緒に大仏を見学しただろう」

「覚えています」

「では、そのとき気づいたかな。大仏が右の手を上げて、中指を前に出していることに。あれはなぜだか分かるかい」

清家は中指の先で、紗季のこめかみをゆっくりと撫《な》でていった。

「分かりません」

「目の見えない人が指でものを感じようとするとき、最も適しているのは中指なんだ。だから、衆《しゅ》生《じょう》がどうしているかと仏様が探るとき、手が自然とあのような形になるんだよ」

ここ数か月をかけて指先の感覚は磨いてきたから、よく分かる。紗季の目じりの小さな窪みは、まだ消えていない。

全部で六つ。

甘木が指輪で殴った跡に間違いない。

紗季に暴力は振るわないと誓約させたのが先月。

そして彼が指輪を買ったのは二週間前。

つまり、これは誓約の後に振るわれた暴力の跡だということだ。あいつは誓いを破った。だから
わたしも容赦しなかったのだ。

4

清家の目。目蓋の下から現れた瞳は、左右とも薄紫色に濁っていた。眼球の表面は爛《ただ》れていて、薬品で焼かれたものであることが優羽子にもよく分かった。

甘木殺害の現場に臨場してからもう三日が経っていたが、いまでも脳裏からは、あのとき見た光景が離れない。

彼が失明していることに疑いの余地はなかった。

所轄署で行なわれた捜査会議でもこの点が重要視され、清家はシロと推定された。こうなると嫌疑は、以前甘木が犯した詐欺罪の被害者たちにかかってくる。

一階の現場からは、清家が渡したという現金が消えていた。金額は五十万円だという。詐欺の被害総額に比べれば微々たるものだが、それでもゼロよりはましだと考え〝回収〟していったということか。

いまは所轄署の捜査員が、その被害者たちのアリバイを調べているところだった。そろそろ捜査の結果が本部にも届くはずだ。

捜査員の中には、凶器の類似から十崎の犯行を疑う者もいた。しかし、民家内に侵入しての殺害という点が、屋外における通り魔的な犯行というこれまでの手口と違い過ぎているとして、その可能性はいったん考慮の外に置かれることになった。

殺された甘木の所持品に携帯電話が含まれていた。清家の家に乗りつけた車の中に置いてあったのだ。

端末内にあった通話記録やメールのデータを解析してみたが、犯人特定に結びつくような手掛かりは得られていない。

写真も保存されていた。甘木には暇つぶしにいわゆる〝自撮り〟をする癖があったらしい。場所はおそらく自宅の居間だろう、ソファに寝そべった姿勢で甘木自身の姿を至近距離から写したものが多かった。

ずいぶんラフな格好の写真ばかりだ。夏ならランニングシャツ一枚にステテコ。それ以外の季節でもくたびれたシャツに穴のあいたジーンズといった服装だった。

甘木は近隣の県で詐欺を働いていた。被害者は女性ばかり十三名だ。手口は俗に言うデート商法に近いものだった。逢瀬《おうせ》を重ね、ときには情事にまで及び、親密さが最高潮に達したところでこう持ちかける。

――不動産を共同で買わないか、二人の将来のために。

その手口と照らし合わせれば、このだらしなさはやや意外とも思えた。いや、普段から外見を繕っている者ほど、一人になったときに虚飾の鎧《よろい》を全て脱ぎ去りたくなるものだから、これはこれで納得がいくと言うべきかもしれない。

気がつくと、風間が傍らに立っていた。

これから二人で紗季の住まいへ事情聴取に行く予定になっているが、出発まではまだ間があるはずだ。

「犯人は甘木をどのように刺したと思う?」

風間の手が、ふいに机の上に何かを置いた。千枚通しだ。甘木殺害に使われた凶器だと思ったが、そうではない。ゴトリではなくコロン。いま鳴ったそんな軽い音から、本物ではなくレプリカだと知れた。

金属の部分には銀色の塗料が塗ってあり、ぱっと見には本物のようだが、柔らかいゴム製だから殺傷能力は皆無だ。同じものを警察学校時代の演習で使った記憶がある。

「わたしが甘木、きみが犯人になって実演してみよう」

こちらの返事を待たず、風間は「始め」と命じてきた。

急《せ》かされるようにして、優羽子は模擬の千枚通しを手にした。

「こうしたんだと思います」

立っている風間の背後に回り込み、錐の部分が小指の側から出る持ち方——いわゆるアイスピックグリップで握った模擬の凶器を振り上げる。そして背中の左側、心臓があるだろう位置に向かって突き立てる真似《まね》をした。

大人の男の心臓を背後から刺し貫くには、このように高い位置から振り下ろすようにして凶器を使わなければならない。

親指の側から錐の部分を出す持ち方——ナイフグリップでは突き上げるような形でしか刺せないから、心臓の位置には届かないはずだ。

「そのやり方なら、どういう角度で突き刺さる?」

「体の上部から下部に向かって、斜めに刺さります」

風間がこちらへ向き直った。

「甘木の司法解剖報告書はもう見たか」

「ええ」

「記録では、刺創部の角度はどうなっていた？」

そう訊かれて、なぜ風間がいま実演をさせたのかが分かった。

報告書によれば刺創部の状態は、いまの実演とは逆だった。千枚通しは、下から上に向かう角度で甘木の体に突き刺さっていたのだ。

「妙ですね」

もし犯人の背丈が子供ぐらいだとしたら、そのような角度になったとしても頷ける。だが、容疑者の女性たちに、身長がそこまで低い者は見当たらない。

「きみなら、これをどう説明する」

「もしかして、甘木が特殊な体勢でいるところを狙ったのではないでしょうか」

「いい着眼点だ。では特殊な体勢とはどんな体勢だ」

「たとえば、こうです。今度は指導官が犯人で、わたしが甘木だとします」

優羽子は風間に腰を下ろしてもらった。自分も対面の椅子に座る。そして床に向かって上半身を前屈させた。

「こうして向かい合った状態から、床に落ちた何かを甘木に拾わせる。そこを刺したとすれば、直立している場合と異なる角度になったとしても頷けます」

姿勢を戻すと、珍しく風間の満足気な表情が待っていた。

「わたしもそう睨《にら》んでいる。では基本に立ち返って訊くが、現場はどこだった」

「清家教授の家です」

「現在、犯人は何者だと推定されている？」

「甘木に騙《だま》された被害者のうちの誰かです」

「教授の家で、甘木と被害者が向き合って話をすると思うか」

たしかにちょっと考えづらい。いくら甘木が図々しい性格だとしても、被害者と談判するなら場所を変えるのが普通ではないかと思う。

「では、教授の家で甘木と対面で話をできるのは誰だ」

紗季の家へ向かう車中、ハンドルを握りながら、脳裏に去来するのはやはり十崎の名前だった。

粘り気を帯びた目。尖《とが》った顎。痩せた蛭《ひる》のような薄い唇……。

あいつの顔を思い出すたび、毒気に当てられたような気分になる。

交際していた女性の首を千枚通しで突き刺して殺害した。それが二十歳のときだ。十五年間刑務所に服役し、出所後、自分を逮捕した風間を逆恨みして襲った。

その後も断続的に傷害事件を起こしているのはなぜか。犯罪性癖やら猟奇嗜好《しこう》やらといった言葉で片づけられる問題ではないように思う。これは警察への、もしかしたら風間個人への挑発もしくは挑戦ではないのか。そんな気がしてならない。

一点に衝撃が集中する千枚通しは、非力な者に向いた凶器と言える。すなわち女性が——甘木が働いた詐欺の被害者たちが使うのに適した道具だ。

しかし、民家の中に侵入しての犯行というところが引っ掛かる。そこまでやるのは、よほど行動力のある犯人だけだろう。膂力《りょりょく》のない女性なら、例えば、甘木が車に乗り込むところを暗がりで待ち伏せする、などといったやり方を選ぶはずだ。

するとやはり十崎が絡んでいるのではないか。そうでなければ……。

——教授の家で甘木と対面で話をできるのは誰だ。

先ほど風間から投げられた問いに対する答えは一つだ。清家総一郎しかいない。

「紗季が犯人とは考えられないか」

助手席の風間は、いつもと同じように、こちらの心中を見透かしたように言葉を切り出してきた。

「考えられません」

「ほう。なぜだ」

「わたしたちが初めて父娘《おやこ》に会ったとき、所轄署の刑事が入ってきて、指導官に報告しましたね。『医師が死亡を確認しました』と」

「ああ」

「その声を聞いて、紗季さんは驚いたんです」

彼女は、はっと息を呑んだ。その声をしっかりと自分の耳は捉えている。

「あれは演技ではありませんでした。本当の驚きです。犯人なら、死亡を確認してから現場を去ったはずではないでしょうか。ならば、あんなにびっくりするはずはありません」

「そうか。だが十崎でもないぞ」

今度は優羽子がはっと息を呑む番だった。

「捜査会議でも言われたことだが、これまでの手口と違い過ぎるからな。無理に十崎に結びつけるなら、犯人がやつの凶器を真似たと解釈するぐらいが関の山だ」

「……ですね」

厳密に言えば、凶器にも相違点がある。錐の部分だ。その長さが違っていた。携帯しやすいように、十崎は短く切って使っている。だが、甘木殺害に用いられた千枚通しには、そのような加工が施されていなかった。

紗季の住まいは分譲マンションの三階にあった。

訪問すると、紗季は段ボール箱に荷物を詰め込んでいる最中だった。

夫の死にショックを受けているが、それは義理の息子を失った父も同じだろう。彼を一人にはしておけないから、これからしばらく父娘一緒に暮らすことにする。そのような連絡を、すでに紗季から受け取っていた。

訪問をこのタイミングに、半ば無理やり割り込ませたのは、紗季が引き払う前に家の中を一度見ておきたかったからだ。

「甘木さんのお人柄や交友関係について、奥様から教えていただければと思ってお邪魔しました」

室内の壁には何枚も家族の写真が飾ってあった。最も一般的なL判を中心に、キャビネ判、六つ切り、四つ切りとサイズはさまざまだ。全部で百枚ほどもあるか。

紗季は床に置いた段ボール箱に、壁にかけた写真を詰めているところだった。

「それは構いませんが、今日の夕方、運送業者が来る予定なんです。それまで自分で箱詰めする分の作業だけは、終えておかなければなりません。急ぎますので、手を動かしながらの受け答えになります」

「構いません」

手帳を取り出そうとしたところ、風間が言った。「よろしければ手伝いましょうか」

「そうしていただければ助かります」

どれも大事な写真らしく、紗季は、一枚ずつ壁から取り外しては柔らかい紙で包み、箱に詰めている。一人でこなすには時間のかかりすぎる作業だ。

風間の目配《めくば》せを受け、優羽子は手帳をしまって壁の写真と向き合った。

写真を間近で観察し、そこから家族の様子を把握しろ。そう風間は言っている。たしかに、ただ手帳を構えて話をメモするより、事情聴取としてはずっと有益な方法だ。

優羽子が最初に壁から外した写真には、奈良の大仏をバックに清家と紗季が並んで写っていた。隅に焼き込まれた日付から計算すれば、このとき清家はまだ五十代のはずだが、ずいぶん年寄りくさい格好をしている。手にステッキを持っているのには驚いた。頭に被《かぶ》ったアルペンハットも、肩にかけたロングマフラーもグレー系の暗い地味な色だ。

そのことを指摘すると、紗季はふっと笑った。

「さすがは刑事さんです。お気づきになりましたか」

「お若いのに、もったいないですね」

「先輩教授の真似をしたと言っていました。その教授は、五十歳のときに七十歳のふりをしていたというのです。そういう仕草を意識的にしておくと、あとが楽だ、というのがその教授の持論でした」

「つまり、あらかじめステッキをついていると、年を取っていざ本当にステッキが必要になったとき慌てなくて済む、というわけですか」

「ええ。父はその話に深く頷くところがあったらしく、自分でもそれを実践しはじめたんです」

納得しながら、優羽子は清家総一郎の経歴を思い返してみた。

五年前に妻に先立たれ、以来独身。甘木殺害の現場となったあの一軒家に独りで住んでいる。

子供は一人、娘の紗季だけだ。ちなみに紗季と甘木のあいだに子供はいない。

清家は、すでに研究で十分な業績を上げたことを理由に退職を望んでいたが、後進の指導をしてほしいということで、大学側から強引に慰留されていたようだ。

実験中の爆発事故は、そんな折に起こった。

不慣れな学生が、気化した有機溶剤にバーナーの火を接近させてしまった。それが原因の事故で、清家は劇薬のジメチル硫酸を両目に浴びた。消防署から取り寄せた記録にはそのように記してある。

同じ資料に、目に損傷を受けた教授の顔写真も添付してあった。キャプションから事故直後に撮影されたものだと知れた。

両目の周囲の皮膚が赤黒く焼け爛れていて、見るからに痛々しかったのを覚えている。目蓋は閉じられていたため、その写真だけでは眼球の状態が分からなかった。だがその点は先日、実際に教授から目蓋を開いてもらって確かめてある。

何はともあれ、事故のせいで大学側も清家の退職を認めざるをえなくなった。

娘の紗季が眼科の開業医で、事故の直後から彼女が清家の目を診察している。この点は現場に臨場したとき清家から聞いたとおりだ。

自宅に籠るようになってからしばらくはヘルパーを頼んでいたが、三か月後にはそれも断り、完全に独りで生活するようになっていたようだ。

別の一角には、甘木の姿を捉えた写真が固まって飾ってあった。

そこで最初に壁から外したものを見やると、印画紙の中には、甘木が診察用の椅子に座り、その隣に白衣姿の紗季がいた。紗季が開業している眼科医院に甘木が患者としてやってきたときに撮影したものらしい。これが二人の馴《な》れ初《そ》めであることを窺《うかが》わせる一枚だ。

その横には、二人で旅行に出かけたときに撮影したと思《おぼ》しき写真が続いている。

彼の携帯電話にあった画像データとは違い、どの甘木も小綺麗《こぎれい》な身なりで写っている。

ある写真では、ツイードのジャケットに控え目なストライプの入ったワイシャツ、そしてベージュのスリムなパンツといったコーディネートだ。なかなか似合っている。

こちらの一枚では、ワインレッドのシャツにシルクのタイを締めていた。はいているのは少々くたびれたジーンズだが、上下の合わせ方に違和感はない。

「意外です」

思わず優羽子は口にしていた。

「何がでしょうか」

「実は、捜査上の必要がありまして、甘木さんの携帯電話を調べさせていただきました。その中にあった写真が、どれも非常にラフな格好だったものですから」

「それは自撮りだからでしょう。ここにある写真は違います。他人に撮られたものばかりです。

――甘木に前科があることは、もちろんすでにご承知ですよね」

「はい」

「恥ずかしい話ですが、彼は詐欺を働いていました。刑事さんにこんなことを申し上げるのも釈迦《しゃか》に説法ですが、詐欺師というのはとても服装に気を遣います」

「ええ。わたしが知っている犯人もみなそうでした」

「そのせいでしょう。わたしと結婚したあとも甘木は、誰かに見られている場合は、きっちりした服装をしていないと落ち着かなかったようです。その相手がたとえ家族であろうとも」

「人間、一度身についた習性は、なかなか抜けませんからね。——話は変わりますが、不躾《ぶしつけ》な質問をお許しください。紗季さんは、お顔に怪我《けが》をされているようですね」

紗季は息を一つ小さく吐いてから、意を決したように頷き、眼鏡を取った。

「ええ。ご覧のとおりです」

右目の目尻に痣があり、皮膚には細かい瘡蓋《かさぶた》ができている。

「どうしてこうなったかも、刑事さんならもうご存じのはずですね」

「はい。甘木さんがあなたにDVを働いた、との記録がありました」

それはひどい暴力で、紗季は何度か瀕死《ひんし》の目にも遭ったようだ。清家が警察に相談していたが、有効な対策を講じてはもらえなかったという。

「我々としても、対応に問題があったかもしれません」

清家から相談を受けたのは所轄署の生安課だ。県警刑事部所属の自分とはほぼ無関係の部署だから批難するのは御法度だが、そう口にしないではいられなかった。

「いいえ、わたしが悪いんです。『そろそろ仕事を探したら』——そう彼に言ってしまったんです。甘木が最も機嫌を損ねる言葉を、うっかり口に出してしまったわたしのせいです」

この返事を受け、優羽子は気づかれないように風間と顔を見合わせた。

「もしかして、わたしを犯人だとお思いですか。ＤＶの復讐《ふくしゅう》をしたのではないか、と」

「いいえ。それはありえません」

車中で風間と話し合った事情に加え、何よりも紗季には確固としたアリバイがある。甘木の死亡推定時刻は二月二十一日午後八時ごろ。その時間、紗季は精神科のクリニックでカウンセリングを受けていたことが複数人の証言ではっきりしているのだ。


紗季のマンションを出た。

わたしが悪いんです。紗季の言葉が思い出される。彼女は心の深い部分で病んでいる。甘木の死後も、精神的に支配された状態でいるようだ。

携帯電話が鳴ったのは、車に乗り込む直前だった。所轄署の捜査員からだ。

《詐欺の被害者たちですが、犯行当時の行動について全員の調べがつきました》

優羽子はまた風間と顔を見合わせた。

《十三人とも、アリバイありです》

5

その日、県警本部の空室で、優羽子はアイマスクを使って目を覆った。

手には例の模擬凶器を持つ。

三メートル先には、交通課から借りてきた安全講習用の人形を立たせていた。その背中には、音の出るグリーティングカードを貼りつけてある。

カードが奏でるメロディに向かって歩を進めた。そして音源の位置にゴム製の千枚通しを振り下ろしてみる。

その先端は、カードから数センチ離れたところに当たっていた。

ここで扉が開き、風間が入ってきた。「どうだ、実験の具合は」

「上手《うま》くいきません」

詐欺の被害者たちには一人残らずアリバイがあった。全員シロだ。こうなると俄然《がぜん》、疑いは清家にかかってくる。

何といっても彼には動機がある。このままでは娘が殺されてしまう。そうなる前に、自力で害虫を駆除するしかない。そう父親は考えたのではないか。

失明していても狙った部位を正確に刺す方法。それさえ解明できれば、清家を逮捕できるのだが……。

風間は、人形の背中に貼ったカードに目を向けた。

「なるほど、音を使って位置を探ったと考えたわけか」

「はい。こういうメロディカードを使えば、もしかしたら目が見えなくても心臓を狙うことは可能ではないかと思ったんですが」

「無理だな」

風間の言うとおりだ。第一、甘木に気づかれることなく、こんなカードを体に貼りつけること自体がほぼ不可能だろう。

ここ数日間、ことあるごとにアイマスクをして、視覚障碍者の生活を疑似体験してみた。有機化学の本にまで目を通し、清家になりきることに努めてきた。

それでも方法が分からない。

「被疑者になりきろうとした努力は認める。そこまでやったなら、清家総一郎の人物像というものが、きみの中にしっかりとできあがったはずだな」

「はい。一応は」

「彼はどんな人物だ。思いつくまま言葉にしてみてくれ」

「娘を守るために、甘木を殺そうとしていました」

「ほかには」

「殺人も辞さないぐらいですから、それだけ深く娘を愛しているということです」

「ほかには」

「それほど愛している紗季さんを『犯罪者の娘』にするわけにはいきません。ですから、甘木を殺しても、自首するつもりはなかったはずです」

「ほかには」

「ただし、殺人という大罪を犯す以上、自分は何らかの罰を受けなければならない、とも考えていました」

「ほう」

風間の目が鋭く光を帯びた。晴眼の左目だけでなく、義眼である右目まで輝いたように見えたのは錯覚だろうか。

「いま言った人物像は、何を根拠にして作り上げたものだ？」

「共同研究者が論文で不正を働いたとき、清家教授は無関係でしたが、自分も進んでペナルティを受けたという経緯があるんです。彼は殺人者かもしれませんが、人間としては実に公明正大で、相当な人格者と言っていいと思います」

「他人が犯した罪に責任を感じるぐらいだ。自分の罪に対して何もしないでいられるはずがない。そういうわけだな」

「はい」

「なるほど。たしかにきみは加害者になりきったかもしれない。だが」

いつの間にか風間の目から先ほどの光は消えていた。代りにいま、そこには厳しさのようなものが薄暗く漂っている。

「被害者にはなりきっていない」

「被害者……。甘木にですか」

「ああ。被害者ほど証拠の宝庫と言えるものは、ほかにないぞ」

たしかにそのとおりだ。それは風間のみならず、ほかの先輩刑事たちからも繰り返し教えられてきたことだった。

「甘木はどんな人間だった？」

「詐欺師で暴力も働く男です。教授とは逆に、人間性は最低ですね。にもかかわらず、紗季は夢中になった。つまり女を惹《ひ》きつける魅力だけはあったのでしょう」

「そうだ。その調子で甘木に関することを思い出してみろ、全てをな」

6

「『被害者の甘木さんは過去に詐欺を働いていたため、詐欺被害者が恨みを抱いて犯行に及んだとの疑いもある。一方で、県内で断続的に起きている連続通り魔事件と同一犯であるとの見方も根強い』」

現在インターネット上にアップされている記事。それを読み上げる紗季の声はやや震えていた。

「ありがとう」

代読してもらった礼を言い、清家はサングラスのつるに手をやった。

隠居してからというもの、世間のニュースに触れる機会は減っている。しかし、千枚通しを凶器に使った通り魔的な傷害事件が、この県下で数か月おきに発生していることぐらいはさすがに承知していた。

甘木を葬り去る道具として千枚通しを選んだのは、その通り魔事件をカモフラージュ的に利用するためだ。

だが一番の理由は何よりも、その細さにあった。ナイフや包丁といった幅を持った刃物では、肋《ろっ》骨《こつ》に当たって殺害に失敗するおそれがある。それを避けるためには、錐状の得物が最適だったのだ。

「いま何時かな」

「あと五分で二時です」

「ありがとう」

そろそろか。女性刑事から「午後二時に訪問したい」との連絡を受けたのは三時間前だった。刑事の到着を待つあいだ、清家は娘をそばに呼んだ。一週間前から、紗季はずっとこの家に住んでくれている。これほど長いあいだ父娘で一緒に暮らしたのは何年ぶりだろうか。

「紗季。おまえには、もう犯人が誰なのか分かっているんだな」

「……はい」

「ではどうする、その犯人を？　警察に突き出すか」

紗季は何も答えなかった。

チャイムが鳴った。応対するために紗季が玄関に出ていく。

すぐに彼女は二人分の足音を連れて戻ってきた。女性刑事の平と、そして風間だ。風間の方は今日もほぼ完全に気配を殺し、平の影と化している。そのため、ともすれば足音は一人分しか耳に届かない。

気になる。風間とは、いったいどんな男なのか。できることなら、彼の姿を一度目にとどめてみたいものだ。凛然《りんぜん》とした古武士の佇《たたず》まいが連想されるが、おそらくそのイメージは的外れではないだろう。

「清家教授」平の声は落ち着き払っていた。「本日伺ったのは、あなたに自ら警察署に出頭してほしいからです。それをお願いに上がりました」

「分かりませんね。なぜわたしが出頭しなければいけないのですか」

「わたしたちは、あなたが甘木さんを殺したと思っています。ただ、動機には同情すべき点があります。ですから、逮捕状を執行して無理に連行するようなことはしたくないのです」

「そこまで言うのなら――」

「ええ。もちろん解明しました。視覚を失ったあなたが、いったいどうやって被害者の心臓を狙って凶器を振るうことができたのか。それを簡潔にご説明できます」

「では、聞かせてもらいましょうか」

「その前に、あなたが考えたことを簡単におさらいしたいと思います」

「いいでしょう」

「あなたが再三警告したにもかかわらず、甘木さんによる紗季さんへのＤＶは止まらなかった。そこであなたは、紗季さんが殺される前に甘木さんを排除すると決めた。しかし、それをやるにあたっては、二つの条件をクリアしなければならなかった」

紗季が戻ってきて隣に座った。

「一つは、誰よりも愛する紗季さんを『犯罪者の娘』にはできない、ということです。だから逮捕されて刑務所に行くわけにはいかなかった」

気がつくと、また娘の手を握っていた。紗季の指先は冷え切っている。

「もう一つは、大罪を犯す以上、自分も相応の罰を受けなければならない、ということです。この二つの条件を満たす方法を、あなたは考えついた。だから犯行への着手を決意したわけです」

「ほう、面白い。続けてください」

「ところで教授、甘木さんの死体がどんな服装だったかご存じですか？」

「甘木の服装……？　知りませんね。考えてもみてください。目の不自由なわたしには、それを把握する術《すべ》がありませんよ」

「彼はネクタイをしていたんです」

「そうでしたか。しかし、それがどうしました？」

「義理とはいえ父親なのですから、教授もご存じでしょう。甘木さんは、たいていルーズな格好をしていました。普段はネクタイなど、まずしなかった。ただし、それは人目がないときの話です」

人目。その言葉を平は強調して言った。

しくじったか——心の中で何かが囁く。

「反対に、人目があるときは、詐欺師時代の習慣で、身なりはきちんとしていた。つまり殺されたときは、人目を意識していたんです。これはどういうことでしょうか」

紗季の指先が、ますます温《ぬく》もりを失っていく。

「甘木さんは薄々感づいていた、ということです。あなたが晴眼者であることに」

「何を言い出すかと思ったら」

清家は無理に鼻で笑い、紗季の手を離した。空いた両手でサングラスを外す。そして椅子から立ち上がり、目蓋をかっと開いてみせた。

「先日も確かめたでしょうに。わたしの目はこうですよ」

「ええ。たしかに失明しています。いまは」

いまは。その言葉で、すでに刑事たちが真相に到達したことを知った。

清家は目蓋を閉じ、ソファに腰を戻した。

「しかし、あなたが実際に光を失ったのは、二月二十一日の午後八時以降のことです。言い換えると、甘木さんを殺したときまでは見えていました」

清家はサングラスをかけ直した。

「昨秋の事故で、目の周囲が焼け爛れる怪我に見舞われた。それは間違いありませんが、失明までには至っていなかった。だが、あなたは失明したと偽ることにした。もう大学を辞めたかったからです。幸い主治医は紗季さんで、身内ですから、自分の希望どおりの診断書を出してもらえたことでしょう」

女性刑事の声を聞きつつ、清家は風間の姿を感じようとした。あの不気味な男は、今日もほぼ完全に気配を消している。

事件の解明はすべて平に任せているようだが、その裏側では、風間が彼女にいくつも助言を与えてきたに違いない。二人は師弟の関係にある。この事件を通して、きっと平は風間に試されているのだろう。

平の声を聞けばそれが分かる。表向き、こちらへ語り掛けているが、実は風間に向かって彼女は喋っているのだ。

日常生活においても長く目が見えないふりをしていたせいか、妙に勘が鋭くなり、そんなことまで見通せるようになってしまった。

「そうして隠居生活を送るうち、甘木さんのＤＶが酷《ひど》くなってきました。そのとき、あなたの脳裏に一つの考えが浮かんだのだと思います。視覚障碍者のふりをしている――この状況を利用して、甘木さんを亡き者にできないか、と」

清家はまた紗季の手を探った。

「そしてついに殺人を実行した。晴眼者にしかなし得ないやり方で。そして外部から侵入者があったように工作した後、あなたは今度こそ本当に失明しました。自分で自分の目に劇薬を差して」

清家はまた紗季の指先を探り当てようとした。自分では落ち着いているつもりだが、体は嘘をつかない。動揺のせいで、娘の手がどこにあるのか、皆目見当がつかなかった。

「その行為は、嫌疑から逃れるためでもあり、自らに科した刑罰でもあった、というわけです」

すべて平の言ったとおりだ。もう刑事たちに反論する気はなかった。

「わたしも反省しています」平は続けた。「最初の臨場であなたの目を確かめさせてもらったとき、眼球の爛れ具合が真新しいことに気づくべきでした。あのとき、紗季さんがはっと息を呑みましたが、あれは甘木さんの死亡が確認されたからではなく、教授の目を見て驚いたからだったんですね」

平の言葉に紗季が頷いたのが分かった。

その娘の方へ、清家は顔を向けた。

「これから警察署へ行き、そのあと刑務所へ行ってくる。すまないな。結局、おまえを犯罪者の娘にしてしまったよ」

そう言いながら、立ち上がるために上体をゆっくりと前に傾けた。

平が介助の手を差し伸べてくる。その気配を察知したのは、ソファの肘掛けに左手を突こうとしたときだった。

「ご心配なく」

肘掛けがどの辺にあるのか、しっかりと見当はついていた。

甘木を殺害したあとは、報いとして自分の手で両目を潰す。その覚悟を決めたときから、常にできるだけ目蓋を閉じ、視覚障碍者になりきって生活を続けてきた。老いに備えて早めにステッキを持つ。あの経験に倣ってのことだ。おかげで、実際に光を失ったいま、さほど慌てずに済んでいる。

左手で正確に肘掛けを摑《つか》み、それを支えに立ち上がったとき、右手に冷たい感触があった。やっと紗季の方から握ってくれたようだ。

最後に娘の声を聞きたいと思い、そちらへ首を傾けた。しかし彼女は両方の指先でこちらの右手を包み込んできただけで、言葉を発しようとはしなかった。

紗季の手を放して立ち上がったとき、見えない両目がふいに熱くなった。涙がこぼれたせいだった。

7

その夜、優羽子は県警本部の自席で、また十崎の資料をめくっていた。相変わらず、少しでも空き時間ができるとこの男を追いかけているが、行方はいまだにつかめていない。

「年齢は三十五、六歳くらい、身長は百七十センチ前後。上はグレーのブルゾン。下は紺色のジーンズ。頭には焦茶色のニットキャップ。足元は白のスニーカー。ベルトは黒の革製。一見フリーターふう……」

そう優羽子は呟《つぶや》いた。十崎の人相風体だ。三年前、風間を襲った際の……。

あのとき風間はどうしたか。慌てるでもなく、取り乱すでもなく、十崎の人着《にんちゃく》をこちらに報告させたのだ。千枚通しで右目を刺し貫かれたままの状態で。

常人の域を超えたあの精神力を思えば、自分にとっては、十崎よりも風間の方が数段恐ろしい存在と言える。

疲れた目をこすったとき、今度は清家の姿が思い出された。

彼に所轄署へ出頭してもらったのが一昨日の昼だ。いまなら宵の口だから、もしかしたらまだ取り調べの最中かもしれない。

気がつくと、いつかと同じように風間がそばに立っていた。

「飲みにでもいくか」

十崎に襲撃されたのは、風間と一緒に居酒屋から出た直後のことだった。嫌な記憶がフラッシュバックするが、指導官からの誘いを逃す手はない。

本部の建物を出て、徒歩で繁華街へと向かう道すがら、優羽子は前触れもなく足を止めた。
二、三歩先に進んだところで風間がこちらの様子に気づき、振り返る。
「どうした？」

優羽子はその場に留まったまま、街灯に照らされた風間のシルエットをしげしげと観察しながら言った。

「指導官、少し太られましたか？」

「いいや」

「そうですか。失礼しました」

気のせいだろうか。

飲みにでもいくか——先ほどそう声をかけられた瞬間から、どうも風間が着ているスーツの腰回りが、普段よりふっくらしているように感じられてならなかったのだ。

しかし、本人が言うとおり、顔の輪郭には体重の増加を物語る丸みは見当たらない。それどころか、顎や頬の線はかつてよりさらに鋭角的になっている。

「先日、清家教授を連行する前のことだが」

再び歩きはじめると、今度は風間の方から話しかけてきた。

「彼の手を娘が握っただろう」

「ええ、覚えています」

「では、彼女が父親にかけた言葉も覚えているな」

「はい」

「娘は父に何と言った？」

「こうです」

失礼しますと断り、優羽子は風間の左手を取った。

彼の手の平に、指先で字を書く。

——あ、り、が、と、う
あのとき清家は、娘の声を聞こうとわずかに首を彼女の方へ傾けたが、紗季は一言も喋らなかった。

しかし彼女は、父親の手の平に指で字を書くことで、メッセージを伝えていた。いま自分が風間の手に書いたものと同じ言葉を。

父の所業は殺人という重罪だ。加えて被害者は自分の夫だから、どうしても口で「ありがとう」

とは言えなかった。だが気持ちの底では父に感謝していた、ということだろう。

「よく見逃さなかったな」風間の目が笑ったように見えた。「きみには、もう教えることはないようだ。その調子で十崎も必ず捕まえてくれ」

「そんな。困ります。わたしはまだ半人前です。これからも指導していただかないと」

「残念だが、それは無理な相談だ」

「なぜですか」

この問いかけに風間は答えなかった。

十分ほど歩いたのち、居酒屋に入った。三年前、十崎に襲われる直前に利用していたあの店だ。五、六十人ほど入る広めの店内はほぼ満員だが、運よく一番奥、壁際の二人掛けの席がちょうど空いたところだった。

案内係のスタッフの背中を追って、優羽子は風間の先に立って歩いた。そしてスタッフが引いてくれた奥の椅子にすかさず腰を下ろした。上座に当たる方の席だ。

「今日ぐらいは無礼講でいいですよね」

先に座ってから、まだ立っている風間を見上げつつ言うと、

「ああ」

彼はわずかに歯を見せつつ下座に着いた。

テーブルには冊子になったメニューが置いてあるが、優羽子はそれを使わず、右側の壁に幾つもぶら下がっている短冊状の品書きを見上げた。

「指導官は前回と同じでいいですよね、焼酎の玉露割りで。わたしもまたハイボールにします。そ

いる。

れに、縞《しま》ほっけの炙《あぶ》り焼きも」

三年前にこの店に来たとき何をオーダーしたかは、不思議といまだに覚えていた。「ほっけのような大きな魚でゆっくり嚙《か》む練習をしろ」。そう風間から言われたことも、しっかりと記憶している。

待つほどもなく、オーダーした飲み物がお通しと一緒に運ばれてきた。

簡単に乾杯をし、ハイボールに軽く口をつけてから優羽子は言った。

「今回の事件で、まだ分からないことが二つあります。まず、甘木はどうして教授の目が見えることに気づいたんでしょうか」

甘木はネクタイを締めていた。だから彼は清家が晴眼者だと薄々見抜いていたに違いない。そこまでは分かった。

だが、ではどうやって見抜けたのか、という点が実はまだ不明だった。

「そればかりは、死んだ甘木に訊いてみるしかなさそうだな」

「ごまかさないでください。指導官ならお見通しでしょう」

そう言い返してやると、風間は自分のグラスとこちらのそれを比較してみせた。

「わたしの方が、ペースが速いな。やはり」

「どうして『やはり』なんですか」

「わたしも視覚障碍者だからだ、半分は」

言っている意味が、まだ完全には分からない。

「以前どこかで小耳に挟んだことがある。『目が不自由な人の酒は速い』とな。失明している人が飲酒するときは、コップ酒を一気に呷《あお》っておしまい、という場合が多いそうだ」

「そうなんですか。逆だと思っていましたが」

どちらかと言えば、視覚障碍者は少しずつ酒を味わって飲むようなイメージがある。

「いや、たしかに目の不自由な人の方が速い」

「なぜでしょう」

「酒は舌で味わうものだが、目で楽しむものでもある」

「そのとおりですね」

「光を失った人は、片方の段階が欠けている」

なるほどと納得しつつ、優羽子は自分のグラスに目を向けた。一つの事件を解決したあとは、酒の色が普段より鮮やかに見えるものだが、今回は少し様子が違っている。

清家を逮捕したくなかった。そう心のどこかで、いまだに思い続けているせいかもしれない。

「甘木もそのことを知っていたのではないかと思う。そして彼は、教授が失明しているにしては、酒を飲むペースが遅いことにどこかのタイミングで気づいた」

「要するに、義父はまだ目で味わう段階を失っていないのでは、と疑いを持ったわけですね」

「ああ。推測だがな。——分からないことが二つあると言ったな。もう一つは何だ」

「はい、どうして」

——どうしてこの事件にわたしを呼んだんですか。

自分はすでに風間道場を卒業した身だ。教えを受けたがっている新人はほかにもいて、緊張しつつも、いまかいまかと順番を待っている。

だが結局、優羽子はその疑問を口にしなかった。

――そんなことも分からんのか。

風間が急に怖い顔で睨んでくるような気がしたからだ。

それに、答えにはすでに見当がついている。わたしの右目をいつまでも気に病むな。きみにはやるべき仕事がある。そう教えることが目的だったのだ、きっと……。

縞ほっけの炙り焼きをできるだけゆっくり嚙んで食べたあとは、あまり長居はせずに店を出ることにした。

「今回はわたしが払っておく。先に出ていてくれ」

風間の言葉に甘え、優羽子は出入口へと向かった。

自動ドアが開く。一歩を踏み出そうとして、だがすぐに足を止めた。

視線が足元の一点に釘付《くぎづ》けになる。

店が設置した泥落とし用のマット。その上に何かが落ちていたからだ。

円筒形をした物体だ。直径は二センチほどだろう。手で握るのにちょうどいい大きさだ。

長さは十センチ弱といったところか。いや、正確にはその倍だ。円筒形の一端に、これも十センチほどの銀色をした細い金属が突き出ている。

千枚通しだった。

優羽子は息を吞んだ。三年前の悪夢。その一部始終がどす黒い映像となって脳裏で目まぐるしく再生される。

顔を前に向けたまま、左右に視線を走らせ警戒しながら、ゆっくりとしゃがんだ。

マット上の千枚通しをハンカチで包み慎重に拾い上げる。

前方を向いたまま後退《あとずさ》りし、再び店内に体を入れた。

自動ドアが閉まったあと背後を振り返ると、入口横に設けられたレジでは、ちょうど風間が会計を済ませたところだった。

彼のそばに歩み寄り、自動ドアの方へ目配せをし、

――あそこに落ちていました。

そう伝えてから、優羽子は手にしたものを見やすい位置にまで掲げた。そうしてハンカチをそっと振りほどいたところ、風間の左目がわずかに細くなった。

「すぐ鑑識で調べてもらいます」

風間の耳元に囁き、包み直して自分のバッグにしまいつつ、優羽子はレジ係の店員に顔を向けた。

「ついさっき、店のすぐ外に誰か立っていませんでしたか」

訊ねながら警察手帳を提示すると、店員の表情に緊張が走った。

「ええ、いましたよ。自動ドアの外からじっとこっちを覗いていたのでちょっと怪しい人だな、と思いましたね」

「男ですか、女ですか」

「男です」

「年齢は幾つぐらいに見えました?」

「三十七、八ぐらいですかね」

「身長は」

「百七十センチ前後だったと思います」

「服装は」

「上はグレーのブルゾンで、下は」

客商売で身についた習性なのか、店員は自動ドアの向こうに立っていたという男の人着《にんちゃく》をよく覚えていた。

「紺色のジーンズでしたね。あと、頭には焦茶色のニットキャップを被っていました。ぱっと見、フリーターという感じでしょうか」

店員の証言が一つ加わるたびに、優羽子は自分の体が急速に酔いから醒《さ》めていくのを感じていた。

——この千枚通しは、十崎の犯行予告だ。

おそらく本部を出たときから、やつに尾行されていたのではないか。近々再び風間を襲うつもりでいるのだろう。残るもう一つの目を狙ってくるに違いない。

次はそっちの目をいただく、との宣戦布告。この千枚通しには、そういう意味が込められているとは考えられないか。

店員に礼を告げ、優羽子は風間に向き直った。

「いずれこうなると思っていました。これからは迂闊《うかつ》に出歩いたりすると危険です」

「そのようだな」

厳しい口調ではあったが、言外に他意を含んでいるように感じられた。

何かおっしゃりたいことがあるんですか。風間の両目を見据え、視線でそう訊ねてみる。

「たしかに危険だが、きみがいるなら安心だ」

「……どういう意味でしょうか」

「さっきの〝無礼講〟は、わたしを守るためだろう。違うか」

そのとおりだ。

十崎は次の被害者として男性を選び、顔面のどこかを狙ってくる。もっと絞って言えば、それは風間のもう一方の目——左目ではないのか。そう密かに予想を立てていたから、警戒は怠らないでいた。

できることなら満員の居酒屋などには入りたくなかった。こう混雑していては、いつなんどき客に化けた十崎が襲ってくるか分かったものではない。

もし予想どおり、やつが風間の左目を狙ってくるとしたら、風間の左側が壁でガードされるかたちになっている方が好都合だ。そうするためには、先ほどの座席の場合、自分が上座に着くしかなかったのだ。

「きみなら十崎を捕まえられる。頼んだぞ。わたしの方は心配無用だ。ありがたいことに、きみ以外にも、もう一人この身を案じてくれる人がいるからな」

「誰です、それは」

「本部長さ」

こちらをからかっているつもりだろうか。そう疑い、優羽子は改めて風間の両目を見据えた。

「もしかして……だいぶ酔っていらっしゃいます？」

「いや、嘘でも冗談でもない。至って真面目な話だ。本部長も十崎を警戒し、来月からわたしをある場所に匿《かくま》うことにしたようだ。それが、これ以上きみに指導を施せない理由だよ」

匿われる？　風間が？　そんな話はまったく初耳だった。

「……ある場所って、どこなんですか」

「ここだ」

風間は上着の内ポケットに手を入れた。

その拍子に、スーツの前裾が開いた。ズボンのベルトがちらりと目に入る。

直後、優羽子は悟った。ここへ来る前に、風間の体型が少し変わったように思えた。その理由が分かったのだ。あれは、やはり気のせいではなかった。

いま、風間の右腰に黒い塊のようなものが、たしかに見えた。楔型《くさびがた》をした革製の物体だ。遠目なら、だいぶ小さめのウエストポーチとも見紛いそうなそれは、ホルスターに違いなかった。

拳銃。それを携帯していたために、今日は彼の腰回りが微妙に膨らんで見えたのだ。

風間の方こそ、十崎の襲撃をすでに十分予想していたわけだ。

もっとも、これは驚くには値しない。達眼《たつがん》の士という言葉を絵に描いたような男なのだから、この程度の備えは当然のようにしているはずなのだ。

先ほどまでの飲食時、自分は風間を警護しているつもりでいたが、もしかしたら守られていたのはこちらの方だったのかもしれない。

風間が懐に入れていた手を外に出した。何かを持っている。

折り畳まれた書類だった。

彼はそれを広げ、表面がこちらに向くようにして掲げてみせた。

辞令

T県警察本部刑事部　警部補　風間公親

平成＊＊年四月一日付をもって県警察学校勤務を命じる。

平成＊＊年二月二十八日

T県警察本部長　警視監　＊＊＊＊

《参考文献》
『図解 ガンファイト』大波篤司（新紀元社）
『気の持ちようで病気になる人、なおる人“病は気から”を科学する』
田野井正雄（河出書房新社）
『地図通になる本』立正大学マップの会（オーエス出版）
『死体は語る　現場は語る』上野正彦、大谷昭宏（アスキー・コミュニケーションズ）
『すぐ役立つ山の豆知識』岳人編集部編（東京新聞出版局）
『これだけ！　放射性物質』夏緑（秀和システム）
『放射線と冷静に向き合いたいみなさんへ―世界的権威の特別講義』
ロバート・ピーター・ゲイル、エリック・ラックス（早川書房）
『人間工学からの発想　クオリティ・ライフの探求』　小原二郎（講談社）

《初出》
第一話「硝薬の裁き」(「復讐処方箋」改題)……「STORY BOX」2020年7月号
第二話「妄信の果て」……………………………「STORY BOX」2020年9月号
第三話「橋上の残影」(「屋上の残影」改題)……「STORY BOX」2020年4月号
第四話「孤独の胎衣」……………………………「STORY BOX」2021年1月号
第五話「闇中の白霧」(「闇の中の白霧」改題)…「STORY BOX」2020年11月号
第六話「仏罰の報い」……………………………「STORY BOX」2021年3月号

●単行本化にあたり、大幅な加筆改稿を行いました。

装画　伊藤彰剛
装幀　山田満明

長岡弘樹（ながおか・ひろき）

一九六九年山形県生まれ。筑波大学卒。二〇〇三年「真夏の車輪」で第二十五回小説推理新人賞を受賞しデビュー。〇八年「傍聞き」で第六十一回日本推理作家協会賞（短編部門）を受賞。一三年に刊行した『教場』は、週刊文春「二〇一三年ミステリーベスト10国内部門」第一位に輝き、一四年本屋大賞にもノミネートされた。他の著書に、『教場2』『風間教場』『教場0　刑事指導官・風間公親』『血縁』『巨鳥の影』などがある。

編集　幾野克哉

教場X　刑事指導官・風間公親

二〇二一年九月一日　初版第一刷発行

著者　長岡弘樹
発行者　飯田昌宏
発行所　株式会社小学館
〒一〇一-八〇〇一　東京都千代田区一ツ橋二-三-一
編集〇三-三二三〇-五九五九　販売〇三-五二八一-三五五五
DTP　株式会社昭和ブライト
印刷所　大日本印刷株式会社
製本所　牧製本印刷株式会社

造本には十分注意しておりますが、印刷、製本など製造上の不備がございましたら「制作局コールセンター」（フリーダイヤル〇一二〇-三三六-三四〇）にご連絡ください。
（電話受付は、土・日・祝休日を除く九時三十分～十七時三十分）

 ISBN 978-4-09-386615-6